Titus Simon

Der Stadionmörder

*»Bei einem Fußballspiel kompliziert
sich allerdings alles durch die Anwesenheit
der gegnerischen Mannschaft.«*
Jean Paul Sartre

»Fußball ist des Mannes zweitgrößtes Glück.«
Joschka Fischer

»Fußball ist für mich eine heterosexuelle Unsitte.«
Ralf König

»Die Teil-Entblößung der US-Fußballerin Brandi Chastain hat aber auch einen melancholisch stimmenden Aspekt. Sie befriedigt das einzige Interesse der Ballermann-Sex-Gemeinde am Frauen-Fußball.« (Christoph Albrecht-Heider)

Es war ungemütlich in Munzlingen. Widriges Wetter begleitete das Ende des Winters. Schneeregen peitschte durch die Straßen. Das matschige Weiß konnte das schmutzige Grau des alten Schnees nicht mehr überdecken. In der schwäbischen Kleinstadt war die Faschingssaison zu Ende gegangen, was neben einer deutlichen Beruhigung des Alltags zu merklichen Umsatzeinbußen bei der einheimischen Gastronomie führte.

Nur wenige Gäste, die meisten davon junge Männer, lungerten im »Casablanca« herum. Das Lokal, in der Munzlinger Hauptstraße gelegen, hatte nach einer kurzen, erfolgreichen Anfangsphase als »geile Jugendkneipe« innerhalb von zwei Jahren bereits zwei Pächter verschlissen. Außer einigen Hängengebliebenen aus den ersten Tagen verkehrten hier mittlerweile vorwiegend Gelegenheitshuren, einige Stricher und deren Freier. Der Wirt Lorenzo, ein Mann Mitte dreißig, welcher nach eigenem Bekunden in den letzten Jahren »viel ruhiger« geworden war, zapfte gelangweilt ein Pils, als die Tür aufging und ein durch den dichten Schneeregen klatschnass gewordener Junge eintrat, ein gut gekleidetes, schmächtiges Bürschchen. Der neue Gast schloss rasch die Tür hinter sich, schüttelte das lange Haar und lachte den Wirt an.

»Einen ›Cubata‹. Es geht mir heute gut. Sehr, sehr gut.«

Der Wirt blickte flüchtig auf, mixte die gewünschte Cola Rum, die der Gast in großen Schlucken trank.

»So, so. Dir geht's gut.« Er wandte sich wieder den anderen Gästen zu.

Als der Junge nach einigen Minuten das Glas mit den Worten »noch Einen« auf die Theke knallte, schüttelte Lorenzo den Kopf, machte sich aber mit ruhigen Bewegungen daran, ein neues Glas zu füllen. Der Gast stürzte die Hälfte des Getränkes in einem Zug hinunter.

»Mach gleich noch Einen.«

»Aber hallo, nun mal langsam.«

»Kann dir doch gleich sein, du verdienst doch gut an mir. Schon seit ein paar Tagen.«

Er hob das nun fast leere Glas und blickte triumphierend in die Runde. Die anderen Gäste beachteten ihn nicht.

»Ich hab' ihn gefunden.« Der Junge, der sich Savio nannte, wobei niemand wirklich glaubte, dass er tatsächlich so hieß, sprach mit starkem Akzent.

»Wen?« fragte Lorenzo ohne aufzublicken.

»Meinen Stecher.«

Der Wirt warf einen schnellen Blick auf die anderen Gäste. »Und?«

»Den fick' ich.«

»Ich denke, der fickt dich«, mischte sich ein dunkelhaariger, kräftig gebauter Gast ein, der trotz der kalten Jahreszeit nur mit einem Muskel-T-Shirt und einer eng anliegenden schwarzen Lederhose bekleidet war. Seine Bemerkung begleitete er mit einem hämischen Lachen, wobei er triumphierend in die Runde blickte.

Der Kleine ließ sich nicht aus der Ruhe bringen. Das brachte vielleicht sein Beruf mit sich, der ihn vielen Provokationen und manchen Gefahren aussetzte. Gleichmütig wandte er sich an den Muskelmann. »Nicht so, wie du meinst. Das ist meine Chance, das ist ein ganz großes Tier.« Savio strahlte. Sein Traum konnte in Erfüllung gehen. Nie mehr auf den Strich. Keine perversen alten Lüstlinge mehr und kein armseliges Leben mehr in Teplice, Dubi oder anderen tschechischen Orten, in denen er als Illegaler aus Rumänien auf das schnelle Geld gehofft hatte, das mit deutschen Freiern zu machen war. Und dann hatte ihn der Mann aufgegabelt, der sich Oskar nannte. Kein alter Sack, sondern ein strammer Dreißigjähriger. Mit Geld und Gefühl. Auf jeden Fall mit Geld.

»Willste einen entsaften?« Der Junge wurde durch die Frage des Kräftigen aus seinen Träumen gerissen.

»Pass bloß auf, dass das nicht 'ne Nummer zu groß für dich ist.«

»Ach was. Musst halt clever sein«, erwiderte er in gebrochenem Deutsch.

»Die Schwuchtel will einen ausquetschen.« Der Muskulöse lachte leise und nahm einen Schluck. Er hatte seinen Spaß an der Situation.

»Was hast du vor?« fragte Lorenzo.

»Meine Sach'. Ich treff' ihn nachher.«

»Da pass man bloß auf. Und ...«, auf die Stimme des Wirts legte sich eine Prise Schärfe, »... zieh mir bloß nicht die Bullen auf meinen Laden. Hab' schon genug Ärger.«

*

»Fußball hat ja auch immer etwas mit Magie zu tun. In Hamburg haben sie ziemlich viel Erfahrung mit dem Mythischen gesammelt, zuletzt hat da einer Stopfnadeln in den Rasen gedrückt. In der A-Klasse Groß-Gerau hat der Trainer seinen schlappen Kickern schwarzen Lavasand auf Stollenschuh und Stutzen rieseln lassen, jetzt ist der Abstieg nicht mehr so wahrscheinlich. In Karlsruhe beim KSC waren sie zusammengekommen und haben Kartoffelsuppe gelöffelt, der HSV vertraute dieses Mal auf Steaks, der FC Bayern früher auf die heilsame Wirkung von Weizenbier.« (Frankfurter Rundschau)

Desiderius Jonas ließ es gemächlich anlaufen. Die Semesterferien hatten begonnen. Und diese Zeit verbrachte er nicht in Leipzig, wo er seit einigen Jahren einen Lehrstuhl an der HTWS, der dortigen Hochschule für Technik, Wirtschaft und Soziales hatte, sondern in der Gegend, aus der er stammte.

Seit dem vergangenen Herbst war er an diesem kalten Märzabend das erste Mal wieder auf den Munzlinger Trimm-Dich-Pfad gegangen, welcher in großem Bogen das kleine, außerhalb der Stadt liegende Waldstadion umschloss.

Das Geläuf war tief. An manchen Stellen lag noch Schnee. Immer wieder ließ aufkommender Wind abtauendes Wasser aus den ausragenden Ästen älterer Fichten tropfen. Als er ausgangs der Trainingsstrecke nochmals mit letzter Anstrengung beschleunigte, war es bereits dunkel geworden. Atemlos und mit pochendem Puls registrierte er einmal mehr, dass sein zunehmendes Übergewicht all jene Dinge erschwerte, die ihm früher einmal so leicht gefallen waren.

Jonas wollte den Lauf eben mit einigen Lockerungsübungen abschließen, als er aus dem Eingangsbereich des nahe gelegenen Waldstadions Geräusche vernahm. Geräusche, die er für diesen Ort als untypisch empfand. Ein kurzes Trampeln. Er lauschte. Rutschen und Schleifen. Jemand entfernte sich leise und verstohlen.

»Hallo«, rief er in die Richtung, aus der er die Geräusche gehört hatte. Langsam ging er ein paar Schritte weiter. Noch war der Stadioneingang fünfzig Meter von ihm entfernt. Als er näher herankam, konnte er bereits aus einiger Distanz erkennen, dass da Einer lag. Vorsichtig ging Jonas auf den schmächtigen Männerkörper zu. Er hob dessen Kopf hoch und erkannte rasch, dass der Liegende gewürgt worden war. Am Boden lagen zwei Griffe, wie er sie von Trainingsgeräten aus Sportstudios kannte. Sie waren mit einer Gitarrensaite mittlerer Stärke verbunden. Im schwachen Licht des aufgehenden Mondes, den ein ausgefasertes Wolkenband einen kurzen Moment freigegeben hatte, bemerkte er am Hals des Jungen eine teils blutige, teils blutunterlaufene dünne Linie. Verzweifelt versetzte Jonas dem vor ihm Liegenden Schläge auf beide Wangen. Als dieser nicht reagierte, versuchte er es mit Mund-zu-Mund-Beatmung, so wie er es aus seiner früheren aktiven Zeit bei der DLRG noch in Erinnerung hatte und die er im Wechsel mit einer vorsichtig durchgeführten Herzmassage eine Zeitlang praktizierte. Doch der Junge rührte sich nicht. Jonas spürte eine unbestimmte Angst in sich hochsteigen. Er erhob sich und rannte zum nahegelegenen Sportlerheim, in dessen Obergeschoss der Platzwart wohnte.

»Schnell einen Arzt. Und dann die Polizei!« rief er, als dieser auf sein stürmisches Klingeln gemächlich das Fenster geöffnet hatte.

*

»Wie man ein Tor schießt? Man muss im richtigen Moment in geeigneter Weise vor den Ball treten.« (Bernhard Dietz)

Obwohl es kalt war, schwitzte Jonas. Die Ambulanz war mit Blaulicht davongerast. Hauptkommissar Munz gab seinem behäbig agierenden Assistenten Schuster noch einige Anweisungen, ehe er sich erneut dem Schwitzenden zuwandte.

»Also Sie nun wieder. Unser Professor ist ja öfters an Tatorten.« Munz spielte mit dieser Bemerkung auf den Mord an einem jungen Fußballspieler an, der schon früher einmal zu einer Begegnung am Tatort im nahegelegenen Fuchsenried geführt hatte.

»Ja, ja, der Morenofall«, sagte Jonas leise. Die Beamten der Spurensicherung hatten ihre Arbeit vorläufig beendet und begannen damit, die mitgebrachten Scheinwerfer wieder abzubauen und in den in der Nähe stehenden Fahrzeugen zu verstauen.

»Wird er überleben?«, fragte Jonas.

7

»Kann sein«, murmelte Munz. »Aber wenn die Sauerstoffversorgung des Gehirns zu lange unterbrochen war, ist es besser, er kommt nicht durch.«

»So ein junger Kerl.«

»Die Würgemale sind erheblich.«

»Wahrscheinlich Ausländer.«

»Kann ich nicht sagen. Der hatte keine Papiere bei sich.«

Der Polizist zündete sich eine Zigarette an, nahm einige hastige Züge und blickte dann gedankenverloren über das im Dunkeln liegende Spielfeld. Ein leidenschaftliches Interesse für Fußball war so ziemlich das Einzige, was er als Gemeinsamkeit mit Jonas zu akzeptieren bereit war.

»Ich habe vorhin das Wichtigste notiert. Können Sie morgen aufs Präsidium kommen, damit wir das Ganze ordentlich zu Protokoll nehmen?«

Jonas nickte benommen. Obwohl ihn die Sache nicht nur belastete. Sie war ihm lästig.

*

»Wenn's denkst, ist's eh zu spät.« (Gerd Müller)

Desiderius Jonas raste mit stark überhöhter Geschwindigkeit die kurvenreiche Waldstrecke zwischen Fuchsenried und Munzlingen hinunter, die er sich als Abkürzung ausgesucht hatte. Mehrmals geriet sein roter Citroën an den feuchten Rändern der Waldstraße ins Rutschen. Mit einem Papiertaschentuch fuhr er mit der linken Hand hin und wieder über das schweißfeuchte Gesicht, während er mit der anderen verwegen lenkte. Pass bloß auf, du Trottel. Jonas erinnerte sich an die zwölf Punkte, die noch immer in Flensburg auf seinem Konto standen. Kurz vor Munzlingen schaltete er in den zweiten Gang zurück und fuhr in angepasster Geschwindigkeit über die Markungsgrenze. Noch ein schwerwiegendes Vergehen und der Führerschein wäre erst einmal für längere Zeit weg. Mit vorgestülpter Unterlippe blies er sich einen Luftstrom in das nasse Gesicht. Kurz vor Ostern hatte mit Macht der Frühling eingesetzt und das Thermometer nach oben getrieben. Was die meisten Menschen freute, war Jonas ein Gräuel. Er konnte Temperaturen über achtzehn Grad nicht ausstehen. Jonas war auf dem Weg ins Munzlinger Kreiskrankenhaus, wo sein alter Kumpel Gotthilf Bröckle mit verrutschten Bandscheiben lag. Das bedeutete für den alten Bewegungsfetischisten nicht nur die von vielen Menschen durchlittene Krankenhausdepression, sondern ein völliges Abgeschnittensein von Tennis, Altherrenfußball und Stadionbesuchen.

Jonas hatte die Sache mit dem Jungen ziemlich mitgenommen. Das Bild ging ihm erneut durch den Kopf. Wie der da lag. Fast tot, klebrig, nass. Und dann war er wie so oft in letzter Zeit wieder mal zu spät dran. Die Vielzahl unterschiedlicher Verpflichtungen hatte in sein Leben eine dauerhafte Hektik gebracht. Der Zeitknappheit im Alltag versuchte er trotz der häufigen Warnungen und Mahnungen seitens seiner Frau, der zarten, ihm gegenüber aber äußerst resolut auftretenden Rosi Jonas, mit überhöhter Geschwindigkeit beim Autofahren zu begegnen. Das war ein ziemlich untaugliches Unterfangen, welches ihm zudem im Verlauf der letzten beiden Jahre zweimal drei und einmal sechs Punkte im Flensburger Zentralregister eingebracht hatte. Nur mäßig schneller als erlaubt bog Jonas in den Krankenhausweg ein, bemüht, so früh wie möglich einen Parkplatz zu finden. Doch auf der Wohnstraße fand er keine Parklücke und in der Tiefgarage des Krankenhauses war gleich nach der Einfahrt ein großes Areal mit weißrotem Plastikband abgesperrt. Jonas fluchte leise vor sich hin. Offenbar tagte der Krankenhausausschuss, dem am Sitzungstag immer eine großzügig abgesteckte Zahl an Parkplätzen freigehalten wurde. Bis vor kurzem hatte Jonas selbst diesem

Gremium angehört. Der Ruf an die HTWS Leipzig hatte ihn zur Aufgabe seiner kommunalpolitischen Tätigkeit gezwungen, die ihm viel Spaß und viele Feinde beschert hatte. Besonders deftig war es in diesem Ausschuss zugegangen, in dem richtungsweisende Entscheidungen für die beiden kreisangehörigen Hospitäler zu fällen waren. Jonas war oft mit dem Landrat aneinandergeraten, vor allem dann, wenn dieser im Stile eines feudalen Despoten gleichermaßen über seine Dezernenten und Amtsleiter wie auch die gewählten Vertreter des Kreistages zu herrschen versuchte. Mit zunehmender Wut im Leib kreiste Jonas das Parkhaus mehrmals rauf und runter, ohne einen freien Parkplatz zu finden. Seine Miene hellte sich erst wieder auf, als er im Untergeschoss den schon etwas vergreisten Hausmeistergehilfen erblickte, der an Sitzungstagen darauf zu achten hatte, dass nur Angehörige des Krankenhausausschusses in der eigens freigehaltenen Zone parkten.

»Grüß Gott, wie geht's denn so?« Betont freundlich grüßte Jonas den alten Mann. »Bin spät dran heute. Machen Sie mal rasch auf.«

Der Alte hielt das leichte Absperrmaterial mit beiden Händen fest und grübelte.

»Aber Herr Doktor Jonas, Sie sind doch gar nicht mehr im Ausschuss.«

»Ja, schon, an sich nicht. Aber heute habe ich nochmal eine wichtige Eingabe zu machen.«

»So, mir ist gar nicht bekannt, dass heute geladene Gäste im Gremium sind.«

»Doch, doch, i sott' nei.« Jonas verfiel ins Schwäbische, was unter Landsleuten im Allgemeinen eine größere Überzeugungskraft besaß. Grummelnd und kopfschüttelnd rollte der Alte das Absperrband so weit ein, dass Jonas seinen Wagen in eine freie Parklücke steuern konnte.

»Tausend Dank, bis nachher.«

Auf den ihm gut bekannten Wegen lief er zügig ins

Zentralgebäude des stark sanierungsbedürftigen Krankenhauses. Neben dem Zeitdruck des heutigen Nachmittags beschleunigte nun aufkommender Harndrang seine Schritte.

Als er im Foyer die Schilder sah, die die Räume auswiesen, in denen die Fraktionen vor der Sitzung ihre Besprechungen abhalten konnten, huschte ihm ein Lächeln über das Gesicht. Erinnerungen an große politische Schlachten, aber auch an Triviales aus zahllosen Sitzungen kamen ihm in den Sinn. Jonas grüßte die Dame am Empfang flüchtig, erkundigte sich nach der Nummer des Zimmers, in welchem Gotthilf Bröckle lag und eilte um die Ecke, in Richtung der Toiletten. Noch immer wiesen die WCs den angegrauten Charme der fünfziger Jahre aus. Der Spiegel blinkte fleckig. Nicht Schmutz hatte ihn an manchen Stellen erblinden lassen, sondern der Zahn der Zeit. Als Jonas die Schwingtür zu den Urinalen halb geöffnet hatte, erblickte er einen Mann, den er auch von hinten auf Anhieb erkannte.

»Tag OPA.« Mit behänden Schritten eilte er auf den Pinkler zu und schlug ihm etwas kräftiger als in einer derartigen Situation üblich, auf die Schulter.

» OPA « hieß mit bürgerlichem Namen Olaf-Peter Ackermann und war als Journalist bei der »Stauffer-Zeitung« vor allem für die Kreisberichterstattung zuständig. Mit diesem Mandat ausgestattet, hatte er in den letzten Jahren seinem Lieblingsgegner Jonas in seinen Beiträgen immer wieder eins übergezogen.

Der Kleinwüchsige blickte erschreckt auf. Noch war er mit dem Urinieren nicht fertig.

»Na, OPA, das ist doch schön, dass wir uns mal alleine und außerhalb der Gremien treffen.« Jonas zog den Kleinen, der eben die letzten Tropfen Urin abschüttelte, zweimal am Jackenkragen hin und her. »Das ist doch eine nette Gelegenheit, dir auch mal kräftig ans Bein zu pinkeln.«

11

Als Jonas den Reißverschluss seines Hosenschlitzes öffnete, verließ der andere fluchtartig den Raum.

*

»Hohe Intelligenz kann dem Erfolg beim Fußball im Weg stehen.« (Sabine Magerl)

Katharina Jungpaulus erledigte mit routinierten Griffen das, was getan werden musste. Sie war vor einem halben Jahr zur Leiterin der Krankenpflegeschule des Munzlinger Kreiskrankenhauses ernannt worden. Dennoch sprang die von ihren Kolleginnen und Kollegen sowie von ihren Freunden nur »Kathi« genannte junge Frau gelegentlich für eine Schicht ein, wenn es eng wurde. Und eng wurde es bei den teilweise unerträglichen Einsparungen in einem Krankenhaus der Regelversorgung immer öfter. Obwohl sie schon einige Jahre im Munzlinger Krankenhaus tätig und dadurch mit den großen und kleinen Leiden zahlreicher Patienten vertraut war, befiel sie immer noch eine seltsame Rührung, wenn jüngere Patienten starben oder als hoffnungslose Fälle eingestuft wurden.

Der Junge, den sie gestern auf der Intensivstation eingeliefert hatten, war so ein hoffnungsloser Fall. Er war das immer noch namenlose Opfer eines brutalen Überfalls. Mit einem Draht hatte man ihn so lange gewürgt, bis nur noch ein Hauch Leben übrig war, das mittels modernster Technik am Verlöschen gehindert wurde. Die Herz-Lungen-Maschine arbeitete in sicherer Regelmäßigkeit. Obwohl der Junge übel zugerichtet eingeliefert worden war, ging Katharina Jungpaulus anfangs noch davon aus, dass er eine Überlebenschance hatte. Doch die Hirnfunktionen des Schwerverletzten waren inzwischen trotz der künstlich aufrecht erhaltenen Kreislauffunktionen irreversibel ausgefallen. Als die junge Frau die angezeigten Werte am

Oxygenator überprüfte, wurde leise die Tür geöffnet. »Besser, man schaltet ab.« Wanner, der diensthabende Arzt, trat neben Katharina Jungpaulus.

Sie mochte den jungen Hamburger, der hier seine Zeit als Arzt im Praktikum absolvierte. »Das wird nichts mehr. Warum das Elend verlängern? Das ist Menschen- und Geldschinderei.«

»Du hast schon Recht.« Mit einem resignierenden Seufzer warf Katharina Jungpaulus einen letzten Blick auf den regungslos daliegenden Jungen.

»Man weiß noch nicht mal, wie er heißt.« Sanft legte sie Wanner einen Moment die Hand auf den linken Oberarm.

»Mach's gut.«

»Du auch. Und wegen der anderen Sache ... « Wanner zögerte einen Moment.

»Nicht hier. Nicht in diesem Haus.« Den Rücken zur Tür gewandt, wollte sie eben nach der Klinke greifen, als diese von außen ebenso zügig wie leise geöffnet wurde. Ein Blumenstrauß erschien und danach ein Kopf, den Jungpaulus gut kannte, und zwar aus der gemeinsamen Arbeit in der SPD des Stauffer-Kreises.

»Detlef? Was willst du denn hier? Hier darf keiner rein.« Der Angesprochene hatte seine Überraschung schnell überwunden.

»Weiß ich wohl, Kathi«, dozierte der Eindringling in wohlsortierten Worten. »Aber ich dachte, als gesundheitspolitischer Sprecher unserer Fraktion sollte ich ein Zeichen setzen.« Detlef Kurz nahm unter dem Türrahmen unmerklich eine stramme Haltung an. »Schließlich wurde der Junge ein Opfer ausländerfeindlicher Gewalt.« Seine Stimme geriet unmerklich ins Zittern. »Im ›Munzlinger Anzeiger‹ stand, das Opfer sei schwer verletzt. Wird er durchkommen? Hat er was zum Tathergang gesagt?«

»Das hat die Polizei auch schon gefragt«, mischte sich Wanner in das Gespräch ein.

»Der hat keine Chance mehr. Aber das darf ich dir eigentlich gar nicht sagen.«

»Konnte er noch was sagen?«

»Du weißt, dass auch für uns die Schweigepflicht gilt.«

»Hat er während des Transports noch gesprochen?«

»Raus jetzt.« Mit sanftem Druck schob Katharina Jungpaulus Detlef Kurz zur Tür hinaus. Auf dessen bislang rotglühenden Wangen hatten sich weiße Flecke gebildet. Im Flur blieb er einen Moment regungslos stehen. Dann drückte er der jungen Frau den Blumenstrauß in die Hand. Sie legte ihn achtlos auf einen Stuhl, der vor dem Bereitschaftszimmer stand. Als sie den Raum wieder betrat, lag der Junge immer noch da, ohne sich zu rühren.

»Unguter Zeitgenosse«, sagte Wanner.

»Guter Genosse. Ehrgeizig, aber klug und fleißig.«

»Der hätte bestimmt bei diesem Auftritt am liebsten die Presse mitgebracht.«

»Wanner, du bist ein böser Mensch.« Kathi lachte.

*

»Rumpfprogramm, Spielverlegung. Kapitulation! Mangels dienstbereiter Polizei gibt es im Westen keinen Fußball. Stattdessen kam ein Zug von irgendwo – und den zu bewachen ist derzeit wichtiger, als wild gewordene Fußballfans einzuschüchtern.« (Volker Dietrich)

Als sich Jonas im Vorraum die Hände wusch, wurde hinter ihm die Tür geöffnet. Im fleckigen Spiegel erkannte er Dr. Wanner, der, ehe er die Tür leise hinter sich schloss, nochmals einen flüchtigen Blick nach draußen warf.

»Hallo, Sider, ich hab' dich kommen sehen.« Freunde und gute Bekannte kürzten Jonas' merkwürdigen Vornamen manchmal auf diese Weise ab. Rudi Wanner hatte er in den aufregenden Tagen um die Entlassung des jungen Chefarztes Dr. Raspe kennen gelernt, den der Landrat mit Hilfe der Krankenhausverwaltung und einer diffusen Mehrheit der politischen Gremien aus seiner Funktion entfernt hatte, da er es gewagt hatte, gleich mehrfach unbequem zu werden. Und dabei auch noch an die Öffentlichkeit zu gehen. Die Bevölkerung, die den jungen, fähigen Chirurgen schätzte, sah darin ein dreistes Bubenstück. Doch wer sich professionell in politischer Verantwortung wähnt, beherrscht häufig zwar nicht sein Feld, dafür aber umso mehr die Kunst des Aussitzens. Und das hatte sich offensichtlich auch schon bis in den Stauffer-Kreis und nach Munzlingen ausgebreitet. Also wurde entsprechend gehandelt, beziehungsweise: eben nicht gehandelt.

»Ja grüß dich, Wanner, gibt's dich auch noch in diesem Augiasstall.«

Der Arzt lächelte halb belustigt, halb gequält. »Als Arzt im Praktikum hast du keine große Wahl.« Und mit markant persifliertem Hamburger Slang fügte er hinzu: »Als Leichtmatrose kannst du den Kahn nur im sicheren Hafen verlassen.«

»Ich weiß, wie geht's dir? Bist du mal wieder am Millerntor gewesen?« Jonas und Wanner teilten ihre Leidenschaft für den FC St. Pauli. Den Arzt hatte es aus beruflichen Gründen von Pinneberg nach Munzlingen verschlagen. Zusammen mit Jonas war er bis zum Abstieg von »Pauli« durch ganz Deutschland gereist, um zahlreiche Auswärtsspiele der Hanseaten zu besuchen. So sehr sie die Sympathie für den Kiezclub einte, umso mehr trennte sie Wanners zweite Liebe. Das war der HSV.

»Kann ich nicht begreifen«, hatte Jonas oftmals in Kneipengesprächen mit theatralischer Geste ausgeführt, »wer für ›Pauli‹ ist, kann doch nicht für den HSV sein. Das ist doch glatter Verrat.«

»Hamburger ist Hamburger«, hatte Wanner kühl erwidert.

»Wenn du als Kind jedes HSV-Heimspiel gesehen hast, kannst du dich als Erwachsener nicht völlig von der alten Liebe abwenden.«

»Stimmt«, musste Jonas beipflichten und dachte dabei an seine alte Verbundenheit mit dem 1. FC Köln. Und daran, dass sein Herz einen lachenden Hüpfer getan hatte, als er im Aufzug des Zentralgebäudes der HTWS in Leipzig mit Filzstift geschrieben sah: »Toni Polster – Fußballgott«. Das war zu einer Zeit gewesen, als der Österreicher noch in Köln gegen den Ball trat. Mit einer Geste des Bedauerns klopfte Wanner Jonas auf die Schulter, als dieser versuchte, sich unter dem staubigen Gebläse, das mit lautem Krach nur wenig heiße Luft erzeugte, die Hände zu trocknen.

»In die Niederungen der zweiten Liga steige ich nur ungern hinab. Aber wie schaut's aus, sehen wir uns nächstes Wochenende in Karlsruhe?

Dort spielt der HSV.«

»Ja, ich will mit Ronny zusammen hin. Da spielt ja Not gegen Elend. Wer verliert, ist schon fast abgestiegen.«

Ronny war der mittlere Sohn von Jonas, mit dem dieser oft Spiele des KSC besuchte. Und die »Schicksalspartie« der abstiegsbedrohten Badener gegen die ebenfalls stark gefährdeten Hamburger wollten sie auf keinen Fall versäumen.

»Fein, dann treffen wir uns nach dem Spiel am ›Nackten Mann‹. Wir stehen ja in getrennten Blocks. Ich geh' zu den Hamburgern.«

Der »Nackte Mann« war ein markantes Sportlerdenkmal im Eingangsbereich des Karlsruher Wildparkstadions und viel genutzter Treffpunkt für alle, die sich, aus unterschiedlichen Richtungen kommend, vor oder nach dem Spiel treffen wollten.

Wanner senkte deutlich die Stimme und fuhr fort: »Und außerdem muss ich dringend was mit dir besprechen.« Er wurde noch leiser. »Es hat was mit einem Kreisrat zu tun.«

»In der Sache Dr. Raspe?« Wanner zögerte einen Moment, ehe er fortfuhr. »Es geht um eine Riesensauerei.«

»Du weißt, dass ich nicht mehr im Kreistag bin.«

»Gerade deshalb. Ich brauch' deine Hilfe.« Er blickte zur Tür. »Aber genug jetzt. Alles weitere am Samstag. Viertel nach fünf am ›Nackten Mann‹.«

Der junge Arzt ging mit behänden Schritten hinaus. Jonas ordnete mit beiden Händen seine zerzauste Frisur und machte sich auf den Weg, um endlich seinen Krankenbesuch zu machen.

»Ach du Scheiße«, murmelte er vor sich hin, als er wieder im Foyer angekommen war. Die Türen des Kasinos waren geöffnet. Auf den Fluren verstreut standen Kreisräte und -rätinnen in kleinen Grüppchen. Zwischendrin schimmerte hie und da der weiße Kittel eines Arztes durch. Das Gremium war wohl eben in die Sitzungspause gegangen. Nun blieb ihm auf dem Weg zum Zimmer seines Freundes Gotthilf Bröckle das Defilée durch die Reihen seiner früheren Mitstreiter und Gegner nicht erspart. Rudolf Sperling grüßte ihn als erster. Der Munzlinger SPD-Mann gehörte zu den redlichen Vertretern seiner Zunft. Gotthilf Bröckle, das alte Schlitzohr, lästerte allerdings gelegentlich: »Der Sperling will's so vielen Leuten recht machen, dass er Haxen mit drei Meter Länge für sein' Spagat braucht.« Aus der Ferne winkte ihm Peter Huck, der CDU-Fraktionsvorsitzende, auch Friedrich-Wilhelm Lübeck, der FDP-Mann, begrüßte ihn freundlich. Mit diesem hatte Jonas zwei Mal versucht, vor Landratswahlen eine Mehrheit gegen den diktatorisch agierenden Amtsinhaber zu schmieden. Doch was hoffnungsvoll mit der Spekulation auf sichere Mehrheiten für den Wechsel begann, endete jedes Mal mit einem knappen, unerklärlichen Stimmenvorsprung für den Amtsinhaber, was wilden Spekulationen über Manipulation und Stimmenkauf Raum bot, freilich ohne dass jemals Greifbares sichtbar wurde. Eilig drängte sich Desiderius Jonas durch die Gruppen und Grüppchen der pausierenden Ratsmitglieder, von denen die meisten ein Glas oder eine Butterbrezel in der Hand hielten, was Begrüßungsgesten komplizierte. Er winkte hierhin und dorthin, vereinzelt gab es frotzelnde Zurufe, die er mit einem »Na, ihr Brezelschlotzer« konterte. Aus einer Traube von kauenden Kreistagsmitgliedern sah er den schwarzen Schopf von Kathi Jungpaulus herausragen. Als Leiterin der Krankenpflegeschule musste sie hin und wieder im Krankenhausausschuss Rede und Antwort stehen, wobei sie mit ihrem couragierten Auftreten gelegentlich den Unmut des Landrates auf sich gezogen hatte. Außerhalb ihres Dienstbereiches komponierte sie sich aus ihrem dichten Haar, das sie momentan in seriösem Styling trug, meist eine wilde Punkfrisur. Ab und an hatte Jonas Katharina Jungpaulus bei Auswärtsspielen des FC St. Pauli getroffen.

Sie erblickte ihn und winkte freundlich in seine Richtung. Dadurch wurde auch der Fraktionsvorsitzende der Grünen, Harry Walder, auf ihn aufmerksam. Er hob die Kaffeetasse, als ob sie ein Bierkrug wäre, und prostete ihm mit ein paar Worten, die Jonas aber nicht verstehen konnte, aus der Ferne heftig zu.

Lediglich Detlef Kurz, seines Zeichens SPD-Nachwuchskraft im Range des gesundheitspolitischen Sprechers der Kreistagsfraktion und vormals einer von Jonas' Lieblingsgegnern, blickte angestrengt mit staatsmännisch auf dem Rücken verschränkten Händen an ihm vorbei, als suche er Kraft und Eingebung an einem geheimnisvollen Punkt in der Ferne, gerade da, wo Hilfskräfte das dreckige Kaffeegeschirr auf großen Servierwagen in die Krankenhausküche rollten. Kurz war auf dem besten Weg, im Schröderschen Sog als knapp vierzigjähriger »Nachwuchspolitiker« in den Bundestag gewählt zu werden, und so strafte er seinen Exgegner mit hochmütiger Missachtung.

Etwas außer Atem erreichte Jonas endlich die Etage, in welcher Bröckle lag. Ohne Mühe fand er das Zimmer. Er klopfte an und wartete einen kurzen Augenblick, ehe er das Sechsbettzimmer betrat. Bröckle lag ganz hinten am Fenster. Jonas grüßte die anderen Patienten und eilte an das Bett seines Freundes.

»Na, wie geht's?«

»Geht so«, antwortete der Ältere unbestimmt. »Du kommst spät.«

»Na ja, du weißt doch, wie das ist, an einem Wochentag. Und dann noch die Geschichte mit dem jungen Kerl, den ich gefunden habe. Halb tot.«

»Ich hab' davon gelesen. Der Bub ist hier auf der Intensivstation.«

»Und außerdem haben mich zuerst der Wanner und dann noch der im Flur ausgeschwärmte Krankenhausausschuss aufgehalten. Und wenn die ihre Brezeln kauen, dauert halt alles noch länger.«

»Der Wanner, ist das der junge Arzt von unserer Station?«

»Ja, der ist hier.«

»Das war doch der Einzige, der dem Raspe die Stange gehalten hat.«

»Ja, ja, genau der. Ich gehe am Samstag mit ihm zum Spiel nach Karlsruhe.«

Bröckle lachte. »Du bist schon ein Unglückswurm. Letztes Jahr ist St. Pauli abgestiegen und der SC Fornsbach hier bei uns. Und dieses Jahr erwischt es entweder deine Kölner oder deine Karlsruher, am Ende vielleicht sogar noch beide.«

»Jetzt mach aber mal halblang. Noch spielt die Musik. Und so lang isch die Kirch' net aus. Aber jetzt mal zu dir, wie geht's denn so? Ohne Beschönigungen will ich das wissen.«

»Wie soll's denn einer Eiche gehen, die gefällt am Boden

liegt. ›Beschissa‹ isch gar koin Ausdruck.«

»Na, na, Bröckle, jetz hör` aber auf. Noch hat dein letztes Stündlein nicht geschlagen.«

»Aber wenn die mich weiter so behandeln wie bisher, dann dauert's nicht mehr lange.«

»Wieso denn?«

»Hier herrscht ein gottsallmächtiges Chaos. Seit der Raspe nicht mehr da ist, passiert hier ein Malheur nach dem anderen. Jetzt soll ich auch noch unters Messer. Unter die Eingriffsgewalt von Dilettanten. Da kannst du dich nicht mehr wehren.«

»Was haben sie denn rausgefunden?« Bröckle richtete sich so weit auf, bis der Schmerz einsetzte. Dennoch begann er im Stile eines alten Oberlehrers vorzutragen: »Diskusprolaps, Diskopathie. Verlagerung beziehungsweise Austritt von Gewebe des Nucleus pulposus der Bandscheibe durch Risse im Annulus fibrosus.«

»Na, das hast du jetzt aber schön aufgesagt. Und was heißt das für einen Laien wie mich?«

»Du bist doch hier der Professor.«

»Aber keiner für Medizin.«

Gotthilf Bröckle, der sich bislang an einem abgegriffenen Lederbügel über seinem Bett festgehalten hatte, ließ sich erschöpft und unter Schmerzen auf das Kopfkissen zurücksinken. »Bandscheibenvorfall in mittelstark fortgeschrittenem Stadium. Aber die Verbrecher erzählen dir das nur in ihrer wissenschaftlichen Geheimsprache.«

»Und wie bist du an diesen wunderbaren Text gelangt?«

»Die Kathi, die du auch kennst, die, die manchmal mit so bunten Haaren rumläuft, hat mich mal kurz besucht. Die hat mir das Ärztekauderwelsch entschlüsselt und mir einen Auszug aus ›Pschyrembels Klinischem Wörterbuch‹ kopiert.« Lachend fügte er hinzu: »Und den Soich vom Pschyrembel, diesem Obersembel, den hab' ich auswendig gelernt, wie du soeben gehört hast.«

»Bröckle, wenn`s dir noch für solche Narrheiten langt, dann kann es mit dem Kreuz net so schlimm sein.«

»Doch, doch, die wollen an mir eine perkutane Nukleotomie vornehmen.«

»Und was soll das sein?«

»Da werden die Trümmerreste meiner einstmals hübschen Bandscheibe abgesaugt. Aber das lasse ich nicht mit mir machen. Zumindest nicht hier. Wo mich sogar die Kathi davor gewarnt hat.«

»Wieso? Was hat sie denn gesagt?«

»Die sagt, bei diesem Eingriff klagen in der Regel zehn Prozent der Patienten hinterher über weitere Beschwerden. Häufig müssen sie nochmals operiert werden. Seit allerdings der Raspe weg ist, sei die Quote stark nach oben geschossen.«

»Bröckle, ich muss gehen. Da, ich hab' noch was für dich.« Desiderius Jonas zog aus der rechten Tasche seines Mantels eine kleine Flasche heraus, in der sich eine rote Flüssigkeit befand. »Blutwurz vom Spechtsbauer, dem Müllers Willi aus Steinberg. Das ist besser als jede Medizin.«

Bröckle strahlte, als er nach der Flasche griff. »Ich kenn' den, der ist ausgezeichnet. Endlich ein Lichtblick an diesem düsteren Tage.«

»Lass dir die Flasche bloß nicht von der Schwester abnehmen. Du weißt, ich habe mich im Ausschuss nachhaltig für ein absolutes Alkoholverbot im Krankenhaus eingesetzt.«

»O Gott, die Politiker.«

»Also, halt die Ohren steif!«

Der Jüngere war aufgestanden und ging rückwärts den Mittelgang entlang in Richtung Tür. Dort stieß er beinahe mit einer resoluten Krankenschwester zusammen, die ihn mit in beide Hüften gestemmten Armen erst von oben bis unten musterte und ihn dann mit gutturaler Betonung anblaffte: »Die Besuchszeit ist schon längst rum, mein Herr.«

Mit der flüchtigen Andeutung einer graziösen Geste des Bedauerns umkurvte er großräumig die Frau in Weiß.

Als er im Treppenhaus angelangt war, kam ihm Detlef Kurz entgegen.

»Ist die Sitzung schon aus?«

»Noch nicht.«

»Ja, immer diese Nebengeschäfte, die einen an ordentlicher Sitzungsteilnahme hindern.«

Der Angesprochene musterte Jonas irritiert. Dann entgegnete er grinsend: »Dafür hast du ja jetzt mehr Zeit. Denn du bist aus dem Spiel.«

Im Foyer trennten sich ihre Wege. Jonas war froh, als er wieder im Parkhaus angelangt war. Krankenhausbesuche waren noch nie sein Ding gewesen.

*

»Als der HSV-Stürmer Tony Yeboah nun in allerletzter Sekunde gegen Bremen das 2:1 schoss, ausgerechnet Yeboah, der seit 1071 langen Bundesligaminuten das Tor nicht mehr getroffen hatte – da weinte der coole, besonnene, massive Herr Pagelsdorf wie ein Schulkind. Fußballtrainer zu sein ist so ernst wie jedes Spiel.« (Stefan Reinecke)

»Wunderbares Fußballwetter ist das.« Desiderius Jonas und sein Sohn Ronny hatten den Eingang des Wildparkstadions passiert und hielten Ausschau nach Theo Wuttke, einem Freund, den sie ebenfalls als »Supporter« beim Schicksalsspiel des Karlsruher Sportclubs gegen den Hamburger Sportverein vermuteten. Wanner, mit dem Jonas sich für nach dem Spiel verabredet hatte, war sicherlich längst im Gästeblock. Sie selbst hatten Stehplatzkarten in der Kurve im Block A4. Von dort aus hatte man einen wunderbaren Überblick über das Volkstheater, das der harte Kern der KSC-Fans veranstaltete. Ronny biss kräftig in die obligatorische Stadionwurst. Jonas blätterte ein Faltblatt durch, das er an einem Stand der »Landesvereinigung Baden in Europa e.V.« erhalten hatte, die vor dem Stadion für eine stärkere Wahrung badischer Interessen warb. Neben der Wurstbude machten sich einige merkwürdige Männer bereit. Sie trugen Kostüme aus dem neunzehnten Jahrhundert, schwarz-rot-goldene Schärpen, Kokarden und allerhand Waffenimitate. Offensichtlich eine Folkloregruppe, die einen Hauch 1848er-Stimmung unter die Fußballfans bringen wollte. Ronny musterte die Männer mit Erstaunen, während Jonas stumm in seine zweite Wurst biss, die er eben von der Verkäuferin erhalten hatte.

»Es gibt Badische und Unsymbadische und unsymbadische Badische«, rief er kauend in Richtung der Kostümierten.

»Komm, lass das.« Ronny zog seinen Vater am Ärmel seines Anoraks. Ihm waren dessen Provokationen peinlich, die sich fatalerweise besonders im Zusammenhang mit Fußballspielen häuften.

»Is' ja gut. Aber was da so alles um den Fußball herumflattiert. Das ist schon unerträglich.« Jonas warf einen Blick auf seine Armbanduhr. »Ich glaub', es wird Zeit.«

»Theo ist wahrscheinlich auf der Gegengeraden bei den KSC-Ultras.«

»Schon möglich. Wir hätten ihn anrufen sollen.«

Leichten Schrittes gingen Vater und Sohn die Stufen zu ihrem Block hinauf. Nach einer nochmaligen Kontrolle durch Angehörige eines Sicherheitsdienstes verharrten beide kurz auf dem oberen Kranz der Tribüne. Das schon gut gefüllte Stadion lag in der Frühlingssonne unter ihnen. Für den echten Fan ein berauschender Anblick. Sie gingen noch einige Stufen hinunter und sicherten sich einen Platz in der Nähe des Zaunes, an dem man sich auch mal kurz anlehnen konnte.

»Ach Gott, schau mal da runter.« Jonas lenkte die Aufmerksamkeit seines Sohnes auf die Kostümträger. Diese standen nun hinter dem ihnen zugewandten Tor und bereiteten sich offensichtlich auf einen Gesangsvortrag vor. Zumindest ragten vor dem Pulk der Farbentragenden zwei Mikrofone auf. Kurze Zeit später wurde die Gruppe als »D' Gälfiäßler« angekündigt, die vor dem traditionell vom Band vorgetragenen »Badnerlied« in Erinnerung an die Revolution von 1848 das »Heckerlied« singen sollte. Angesichts des unter den Besuchern weilenden Außenministers Klaus Kinkel mutete es dann doch ein wenig seltsam an, als die Sänger wenig später skandierten:

»Fürstenblut muss fließen, fließen stiefeldick!

Und daraus ersprießt die freie Republik.

Hunderttausend Jahre währt die Knechtschaft schon.

Nieder mit den Hunden von der Reaktion.«

Die Beifallsbekundungen der Fans waren eher spärlich. Als dann aber das »Badnerlied« eingespielt wurde, sang mit Ausnahme der HSV-Fans das ganze Stadion mit:

»In Karlsruh' steht die Residenz,

in Mannheim die Fabrik ... «

Jonas ließ derlei Rituale immer mit gemischten Gefühlen über sich ergehen, zumal das Singen dieses Liedes von den Fans des SC Freiburg im Dreisamstadion bereits einige Jahre früher als in Karlsruhe eingeführt worden war. Und das ganz ohne Animation durch die elektronische Anzeigetafel, den Sprecher und die eingespielte Klangkonserve. Aber der Anblick von Tausenden Fans, die ihre Schals mit gestreckten Armen in Kopfhöhe hielten, war doch imposant, entschädigte für die Trivialität des Augenblicks. Als angepfiffen wurde, schlug Jonas seinem Sohn aufmunternd auf die Schulter. »Auf geht's.«

»Auf geht's, Karlsruh', schieß ein Tor.« Nun begannen die Fans in der Gegengerade zu singen. Die Stimmung war gut. Doch der KSC spielte verkrampft, nicht zwingend. Bereits nach wenigen Minuten änderten die Fans ihren Text. Zwei Hools waren von außen auf den Zaun geklettert und dirigierten einen vielstimmigen Chor: »Schalala, schalalala, allez, Karlsruh'. Schalala, schalalala, allez, Karlsruh'.«

Manchmal drohte der frankophil unterlegte Gesang einzuschlafen, doch drei Trommler, die auf der Laufbahn ihren Rhythmus schlugen, und die beiden im Absperrgitter hängenden »Dirigenten« sorgten dafür, dass er niemals völlig abbrach. Und in den wenigen Situationen, in denen die Karlsruher auf das Tor der Gäste drängten, schwoll der Gesang mächtig an, rhythmisch und mitreißend, so dass selbst die Gutbetuchten auf den Sitzplätzen der Haupttribüne einstimmten: »Schalala, schalalala, allez, Karlsruh'.«

»Da ist bestimmt Wuttke auch dabei. Mittendrin mit seiner Riesenfahne.« Ronny nickte zustimmend.

Mit 0:0 ging es in die Halbzeitpause. Die Fans hatten fast fünfundvierzig Minuten ohne Unterbrechung gesungen, hatten versucht, den Ball durch die Magie der Masse in das gegnerische Tor zu tragen.

»Not gegen Elend spielt da«, rief ein Dicker, der hinter Jonas stand und somit nur hin und wieder freien Blick auf das Spielfeld gehabt hatte, und schüttete schales Bier aus einem Plastikbecher in sich hinein.

»Das wird schon noch.«

»Beim letzten Heimspiel habe ich das erste Mal in fünfundzwanzig Jahren das Stadion vor Spielende verlassen. Ich konnt' das nicht mehr ertragen. 2:4 stand es da gegen Gladbach. Da musst du dir an den Kopf langen, gegen Gladbach! Und als ich raus bin, fiel auch noch das 2:5.«

Die zweite Halbzeit begann. Nervös drückte Desiderius den Arm seines Sohnes. Denn nicht Karlsruhe machte Dampf, sondern die Hamburger. Die rannten und kämpften. Die Karlsruher gerieten immer mehr in die Defensive. Der

Gesang der Fans hielt noch einige Minuten an und versiegte schließlich. Zu wenig Impulse gingen von den Spielern aus. Schroth und Kirjakow, der seit langem wieder einmal von Beginn an spielte, übertrafen einander an Harmlosigkeit. Und schließlich kam es, wie es kommen musste. In der sechzigsten Minute ließ Claus Reitmaier einen Freistoß passieren, der von Hollerbach von rechts getreten wurde. Der HSV-Stürmer Panadic brauchte den Ball nur noch einzunicken. Es stand 0:1 für den Gast aus Hamburg. In der Gästekurve war Stimmung. Über die Köpfe der Zuschauer hinweg wurde eine überdimensionale HSV-Fahne ausgerollt. Ansonsten herrschte blankes Entsetzen und Hilflosigkeit. Dann brach die Wut der Supporter durch. Sie sangen nun:

»Ihr könnt nach Meppen fahr'n, ihr könnt nach Meppen fahr'n, ihr könnt nach Meppen fahr'n.«

Desiderius Jonas trampelte auf seinem Rucksack herum, der zu seinen Füßen stand. Ronny war mehr über den Veitstanz seines Vater belustigt als traurig über den Spielstand. Und nun löste sich alles auf. Der HSV wurde immer stärker. Die Zuschauer beschlich das zur Gewissheit werdende beklemmende Gefühl, es könnte noch bis abends zehn Uhr gespielt werden, und den Karlsruhern gelänge auch bis dahin kein Tor. Die Stadionregie spielte in die allgemeine Untergangsstimmung hinein den Vereinssong:

»Superteam aus Baden, Blau-Weiß-Powerplay.« Doch das schien nur die Blauweißen aus Hamburg zu stimulieren.

»Das ist ja wie auf der Titanic!«

So verflüchtigt sich alles, was einstmals Gültigkeit besaß. Diese Erkenntnis bannte Desiderius Jonas laut in die entlastenden Worte: »Das ist eine Scheiße, eine riesengroße Scheiße, einfach Scheiße.« Ronny lachte ein erfrischend fröhliches Lachen, das so gar nicht der Situation angemessen war, fand zumindest der Alte.

»Komm, lass uns gehen. Wir müssen ja auch noch auf Wanner warten. Der wird das Maul aufreißen, nachdem sein HSV gewonnen hat.« Wenige Minuten vor Spielende drängte Jonas nach oben in Richtung Ausgang. In der Gasse, die er freiblockte, folgte ihm Ronny. Über den Rängen angelangt, sah er nochmals hinunter auf das Spielfeld. Doch es trat keine Besserung ein. Und auch kein Wunder. Es gab keinen Elfmeter, und es gab keinen Abpraller, der über die Linie des Hamburger Tores hurgelte. Nichts dergleichen. Sie hatten eben den »Nackten Mann« erreicht, als das Spiel abgepfiffen wurde.

»Wanner muss gleich kommen, er wollte auch etwas früher aus dem Block gehen.«

»Vielleicht verrenkt er sich in ekstatischen Tänzen, verloren in Raum und Zeit.«

Dicht gedrängt verließen die Anhänger beider Vereine langsam das Stadion. Manche tankten an einer der vielen Buden nochmals nach. In ihren Farben ähnelten sich die Fangruppen sehr. Die Schals waren nahezu identisch. Und dennoch entstand immer dann Unruhe, wenn sich Pulks gegnerischer Supporter zu nahe kamen. Das ist wie Physik. Das wirkliche Leben folgt den Gesetzen der Hochspannung, dachte Jonas, während er nachdenklich dem blauweiß dominierten Farbenspiel der abwandernden Formationen nachschaute, in das sich hier und da auch das dunkle Grün der Bereitschaftspolizei mengte. Wanner war immer noch nicht gekommen. Jonas ging zu einer der Buden und kaufte sich noch eine Bratwurst. Der Junge hatte auf die entsprechende Frage nur abgewunken.

Das Stadion hatte sich weitgehend geleert, zurück blieben leere Getränkedosen, weggeworfene Programmhefte, Pappteller und anderer Zivilisationsmüll.

»Langsam könnt' er mal auftauchen«, maulte Ronny.

»Vielleicht hat er alte Freunde aus Hamburg getroffen.«

In der Ferne erklang die Sirene eines Rettungswagens.

Nichts Ungewöhnliches, wenn so viele Menschen zusammenkamen. Und nicht alle in friedlicher Absicht.

»Komm, wir gehen jetzt.« Ronny hakte seinen Vater unter und versuchte ihn fortzuziehen.

»Diese Zigarette noch«, Jonas blies den Rauch des ersten Zuges aus, »dann gehen wir.«

Wenige Minuten später trat er die Kippe der aufgerauchten Zigarette in den feuchten Schmutz. Er sah sich nochmals nach allen Seiten um.

»Wenn wir eine Abkürzung durch die Büsche nehmen, stoßen wir auf der anderen Seite vielleicht noch auf verspätete Fans.« Jonas hatte sein Auto wie immer auf dem Gelände der Uni geparkt. Einer der Pförtner ließ sich mit dem Verweis auf die lange Anfahrt regelmäßig erweichen und gestattete ihnen die Einfahrt in die gesperrte Zone. Sie kamen mit dem Wagen nur langsam voran. Noch immer stauten sich PKW-Kolonnen in den Nebenstraßen, die Mühe hatten, sich durch die letzten Pulks abwandernder Stadionbesucher in den zäh fließenden Verkehr der vierspurigen Hauptstraße einzufädeln. Im Schritt-Tempo fuhr Jonas in eine größere Gruppe von Fans hinein und drängte umgehend auf die Kreuzung. Doch hier verhinderte der Verkehrsstrom vorerst die Weiterfahrt. Nun war der Wagen eingekeilt. Vor ihnen floss lückenlos der Verkehr, hinter ihnen drängten die Fans. Und das waren Hamburger. Das hatte Jonas auf den ersten Blick nicht erkennen können. Einer der HSV-Hools entdeckte den St.-Pauli-Aufkleber am Heck des Wagens. Nun stießen und boxten einige der stehen gebliebenen HSV-Supporter gegen das Auto. Ein Kurzgeschorener versuchte, den Aufkleber abzukratzen, und der ganze Mob skandierte:

»Bürger, wehrt euch, geht nicht zu St. Pauli! Bürger, wehrt euch, geht nicht zu St. Pauli!«

»Was ein Scheiß heute.« Jonas wäre gerne ausgestiegen, um der fröhlichen Glatzenschar mit seinen aufgerichteten zweieinhalb Zentnern Lebendgewicht etwas Respekt einzuflößen. Doch der Wagen ragte schon zu weit in die Kreuzung hinein, so dass er sich ausschließlich auf den Verkehr konzentrieren musste. Schließlich bot sich eine Lücke. Mit quietschenden Reifen fädelte er sich in die schier endlose Autoschlange ein.

»Hoffentlich haben sie nicht meinen St.-Pauli-Aufkleber abgerissen, diese Säcke.« Jonas fuhr an die nächstgelegene Tankstelle. Seine Stimmung hellte sich erst etwas auf, als er sah, dass das Material bereits spröde geworden war, weshalb die Glatzen das Emblem seines Lieblingsvereins nur leicht am Rand beschädigt hatten. Nach wenigen Minuten hatten sie die Autobahn Richtung Stuttgart erreicht.

»Wo Wanner wohl geblieben ist?«

»Der hockt bestimmt noch mit alten Kumpels in einer Kneipe und feiert den HSV-Sieg.«

»Ich weiß nicht. Der wollte mich unbedingt sprechen. Das hat er mir zumindest letzte Woche gesagt, als wir uns im Krankenhaus gesehen haben.« Jonas schaltete das Radio ein und wählte die Frequenz der »Welle Fidelitas«, um nochmals eine Zusammenfassung des Spiels und weitere Sportberichte zu hören. Die Analyse des Sportreporters endete in der Feststellung, dass mit einer derartigen Leistung der Abstieg des KSC nicht zu verhindern war.

»Da hat er Recht.« Ronny widersprach seinem Vater nicht. Kurze Zeit später wurde die eingespielte Zwischenmusik unterbrochen. »Wie ein Sprecher des Karlsruher Polizeipräsidenten soeben mitgeteilt hat, gab es während der heutigen Bundesligabegegnung zwischen dem Karlsruher Sportclub und dem Hamburger Sportverein einen Toten. Nach dem Spiel wurde in dem für die Gäste reservieren Stadionbereich eine männliche Leiche gefunden. Die Todesursache konnte bislang noch nicht ermittelt werden. Der Verstorbene trug einen Schal und eine Mütze in den Farben des Hamburger SV.«

»Schlimm, was im Fußball so alles passiert. Bestimmt hat sich da wieder einer mit Speed und Alkohol so zugebölkt, dass der Kreislauf nicht mehr mitgemacht hat. Es war ja auch ziemlich warm heute.« Jonas blickte auf seinen Sohn.

»Keine Drogen, mein Junge. Das ist das Beste.«

»Wenn man euren alten Geschichten zuhört, dann ging es doch auch schon früher wild ab.«

»Hm.«

»Sag bloß nicht, das seien die berühmten besseren Zeiten gewesen, in denen alles anders war.«

*

»Die Fans des spanischen Fußballclubs Atletico Madrid haben den Spielern mit ›Säuberungsaktionen‹ in Kneipen gedroht, in denen sich die Kicker zu oft betrinken. ›Wir werden sie aufstöbern und dafür sorgen, dass sie weniger saufen und besser spielen.‹« (»ICE-Kurier«)

Als Jonas am nächsten Tag auf »Eurosport« die Ligabegegnungen aus Italien, Holland und Spanien verfolgte – hier interessierte ihn insbesondere der Zweikampf zwischen Real Madrid und dem FC Barcelona sowie das Abschneiden von Deportivo La Coruna, auch machte er sich Gedanken um das Wohl und Wehe des FC aus der einstmals roten Stadt Bologna –, klingelte das Telefon. Gundi, die knapp zwanzigjährige Tochter betrat das Wohnzimmer.

»Telefon. Für dich.«

»Na, kannst du auch schon wach sein. Wer ist denn dran?«

»Polizei.«

»Was?«

»Doch. Bist du mal wieder zu schnell gefahren?«

»Ich doch nicht.« Jonas stand schwerfällig auf und ging in den Flur, in dem das altmodische Schnurtelefon stand.

»Ja? Jonas.«

»Munz, Häller Kripo. Wir hatten schon einmal die Ehre.«

»Ja, Herr Kommissar, was gibt es denn am heiligen Sonntagnachmittag? Ich habe doch alles zu Protokoll gegeben.«

»Der Junge ist tot.«

»Furchtbar.« Jonas trat erneut das Bild vor Augen, wie der Unbekannte vor ihm lag.

»Aber darum geht es jetzt nicht.«

»Um was dann?«

»Sie waren gestern in Karlsruhe?«

»Ja, beim Karlsruher SC. Schaurige Geschichte.«

»Sie trafen sich da mit einem Doktor Wanner. Rudi Wanner.«

»Ich war mit ihm verabredet. Stimmt. Aber woher wissen Sie das?«

»Von seiner Frau.«

»Was hat denn seine Frau damit zu tun? Und was ist mit Wanner?«

»Haben Sie ihn in Karlsruhe getroffen?«

»Wir waren verabredet. Aber er kam nicht.«

»Seine Frau sagte, er wollte sich unbedingt mit Ihnen treffen.«

»Das war ja auch ausgemacht. Aber er kam nicht. Was interessiert Sie das eigentlich so sehr?«

Munz schwieg einen Moment. Ein leises Räuspern folgte, ehe er weitersprach. »Wanner ist tot. Man hat ihn nach dem Spiel im Wildparkstadion gefunden. In seinem Notizbuch, das er bei sich trug, stand für den gestrigen Tag Ihr Name.«

Jonas verspürte einen heftigen Druck auf der Brust. Die Nachricht traf ihn wie ein Keulenschlag. »Großer Gott, das kann doch nicht wahr sein. Das muss ein Irrtum sein.« Er atmete schwer.

»Leider nicht. Der Tote wurde zweifelsfrei als Rudi

Wanner identifiziert. Noch unklar sind die Umstände seines Todes. Deshalb interessiert meine Karlsruher Kollegen auch das Treffen mit Ihnen.«

»Aber wir haben uns doch gar nicht getroffen. Ich habe eine ganze Weile auf ihn gewartet, etwa zwanzig Minuten. Er kam nicht.«

»Wo waren Sie verabredet?«

»Im Stadionbereich. An einer Statue. ›Nackter Mann‹, ein bekannter Treffpunkt.«

»Und Sie haben natürlich keine Zeugen dafür, dass es nicht zu dem Treffen kam?«

»Doch, doch. Mein Sohn war dabei, Ronny.«

»Können Sie morgen früh aufs Revier kommen? Zusammen mit Ihrem Sohn? Damit ich Ihre und seine Aussage zu Protokoll nehmen kann. Möglicherweise ergeben sich bis dahin noch einige weitere Fragen.«

»Wie stellen Sie sich das vor. Morgen ist Montag. Ich muss in aller Frühe nach Leipzig.«

»Gut, dann kommen Sie noch heute Nachmittag. Ich werde da sein.«

Als der Hauptkommissar aufgelegt hatte, blieb Jonas noch einige Zeit mit aufgestützten Armen vor dem Telefontischchen stehen. Er war fassungslos. Aus der Küche kam Winni, sein Jüngster, ein eingefleischter VfB-Fan. Auf einem Tablett trug er das Kaffeegeschirr ins Wohnzimmer. Der Sonntagskaffee stand an.

»Alter, was ist los? Leidest du noch immer am unvermeidlichen Abstieg des KSC?«

»Schwätz net so blöd raus.« Während die Kinder mit einigem Gezanke den Kaffeetisch richteten, ging Desiderius Jonas eine Treppe hoch, wo seine Frau ihr kleines Arbeitszimmer hatte. Dort warf er sich auf eine kleine Couch. Rosi Jonas legte ihren Stift zur Seite und blickte ihn fragend an.

»Stell dir vor, Wanner ist tot.«

»Wer ist Wanner?«

»Das ist der Munzlinger Arzt, mit dem ich gestern eigentlich im Wildparkstadion verabredet war.«

»Ach so. Persönlich kenn' ich den aber nicht.«

»Aber, ich hab' dir doch erzählt, dass ich nach dem Spiel noch jemanden treffen wollte.«

»Ja schon. Was ist denn passiert?«

»Ich weiß es nicht. Munz hat eben angerufen, Munz von der Häller Kripo. Der hat in dem Morenofall ermittelt.«

»An den erinnere ich mich noch gut. Was hat er gesagt?«

»Wenig. Er hat mich hauptsächlich ausgefragt. Wanners Frau hat offensichtlich gewusst, dass sich ihr Mann mit mir treffen wollte. Das hat den Kommissar interessiert. Außerdem stand mein Name in Wanners Notizbuch.« Jonas war aufgestanden und ging etwas unbeholfen in dem kleinen Zimmer hin und her.

»Ich würde erst einmal mit Gotthilf sprechen. Der weiß in solchen Sachen immer einen Rat.«

»Der ist doch im Krankenhaus.«

»Aber du hast ihn doch vor ein paar Tagen schon mal besucht.«

»Ja. Da habe ich auch den Wanner getroffen und mich mit ihm verabredet. Das heißt, er wollte mich unbedingt sprechen. Außerhalb des Krankenhauses. Es ging, glaube ich, um die Sache mit dem Raspe, um dessen Abschuss durch Landrat Wirsching und Konsorten. Eine ganz ekelige Geschichte.«

»Fahr doch einfach bei Gotthilf vorbei. Es ist doch noch früh. Den kannst du um diese Zeit noch ohne weiteres besuchen.«

»Gut. Das mache ich gleich. Ich finde jetzt ohnehin keine Ruhe.«

*

»Das magische Dreieck ist im Bermuda-Dreieck ver-schollen. Die Bundesliga hat neue Helden. Yves Eigen-rauch zum Beispiel. Der Schalker krempelt die Ärmel hoch, fährt einem Brasilianer in die Parade – und schon jubeln die Fans, schon holt ihn Berti Vogts in die Nationalmann-schaft, und schon sucht ›ran‹ den ›Yves des Spieltages‹.«
(Horst Walter)

Als Jonas am Munzlinger Krankenhaus ankam, waren alle Parkplätze besetzt. Auch auf der Straße standen die Fahrzeuge der Besucher in dichten Reihen. Es war mitten in der Besuchszeit. Und das an einem Sonntag. In Ermangelung anderer Möglichkeiten stellte Jonas seinen Wagen halb auf dem Gehweg ab, an einer Stelle, an der der Citroén die Fußgänger nur mäßig und den fließenden Verkehr gar nicht behinderte. Ohne Anmeldung ging er direkt zum Fahrstuhl. Er kannte den Weg zu Gotthilf Bröckles Krankenzimmer ja bereits von seinem letzten Besuch.

Das Zimmer war voller Menschen. Familienangehörige saßen auf Stühlen und an den Fußenden der Krankenbetten. Manche standen. Doch das letzte Bett am Fenster war leer. Und kein Bröckle weit und breit. Jonas ging zu dem älteren Mann, der das Bett daneben belegte. »Entschuldigen Sie, ist der Patient, der hier liegt, gerade draußen?«

Der Mann unterbrach das Gespräch mit einer älteren Frau und wandte sich dem Frager zu. »Nee, nee. Der Herr Bröckle ist schon weg. Der ist nicht mehr hier.«

»Ja, wieso denn. Das war doch eine langwierige Geschichte. Der ist doch bestimmt noch nicht entlassen. Hat man ihn verlegt?«

»Nein, der hat sich selber entlassen. ›Bevor die an mir rumdillettiera‹, hat er gesagt, ›hau i lieber ab.‹ Und ward nicht mehr geseh'n.«

»Ja, und wo ist er jetzt?«

»Weiß ich nicht. Wahrscheinlich zu Hause.«

Kopfschüttelnd bedankte sich Jonas bei dem Mann. Als er seinen Wagen erreicht hatte, blinkte ihm hinter dem Wischer in grellen Farben ein Knöllchen entgegen.

»Sauber, sauber. Allzeit bereit, unsere Ordnungsmacht.« Auf direktem Wege fuhr Jonas nach Niederngrün. Eva, Gotthilf Bröckles Frau, öffnete ihm die Haustür. »Ach du.«

»Das klingt aber nicht sehr begeistert.«

»Scho' recht. Aber der Zeitpunkt ist nicht sehr günstig.«

»Ich sollt' den Gotthilf sprechen. Ist er da?«

»Da ist er. Aber, das ist ja auch das Problem. Er sollte im Krankenhaus sein.«

»Ich weiß. Ich komm' gerade aus Munzlingen.«

Eva führte den Gast ins Wohnzimmer, wo Gotthilf Bröckle mit schmerzverzerrtem Gesicht auf der Couch lag.

»Was machst du denn für Sachen?«

»Bevor die mich voll und ganz zum Krüppel operieren, muss ich selbst nach Lösungen suchen.«

»Aber, so geht's doch auch nicht.«

»Ich werd's erst mal mit Krankengymnastik, Hydrotherapie und dergleichen probieren.«

»Gotthilf, ich habe ein Problem. Ich war gestern beim KSC.«

»Ja, da hast du wahrhaftig ein Problem. Die steigen ab.«

»Komm, Alter. Ich war im Stadion. Mit Ronny. Und nach dem Spiel war ich mit Dr. Wanner verabredet. Du weißt schon, dem jungen Arzt aus dem Munzlinger Krankenhaus. Aber der kam nicht.«

»War er überhaupt in Karlsruhe? Vielleicht hat er kurzfristig einen Wochenenddienst im Krankenhaus übernehmen müssen.«

»Nein, er war dort. Und jetzt ist er tot.«

»Tot?«

»Ja, tot. Man hat nach dem Spiel seine Leiche auf der

Tribüne gefunden. In dem Block, in dem die HSV-Fans standen.«

»Gewalteinwirkung?«

»Weiß ich nicht. Munz hat mich angerufen. Wanner hat seiner Frau gesagt, dass er sich mit mir treffen wolle. Und außerdem stand mein Name in seinem Notizbuch, eingetragen am Samstag, also dem Tag des Spiels, dem Tag, an dem er gestorben ist.«

»Und warum musst du jetzt einen Bettlägrigen wie mich um Rat fragen?«

»Wanner wollte sich unbedingt nach dem Spiel mit mir treffen. Er kam kurz ins Klo rein, als ich im Munzlinger Krankenhaus schiffen musste. Letztens, als ich dich besucht hab'. Er sagte noch, es ginge um die Geschichte mit dem Kreistag. Vermutlich ging's um den Raspe. Genau hat er es nicht gesagt.«

»Aha. Da hen ja viele Dreck am Stecka. Aber aus so einer Sache wird doch kein Mord.«

»Von Mord ist ja bislang auch nicht die Rede. Ich glaube auch nicht, dass es was mit dem Munzlinger Krankenhaus zu tun hat. Wanner war in einem Block mit zahlreichen rechten HSV-Hools.«

»Sodele, der Herr Professor wird wieder politisch.«

»Wenn du dabei gewesen wärst, als die nach dem Spiel mein Auto in die Mangel genommen haben, würdest du nicht so ignorant daherschwätzen.«

»Du bist, glaube ich, schon zu lang in der Zone. Deine Leipziger Verhältnisse treiben dich in eine Art Glatzenparanoia.«

»Red keinen Unsinn. Sag' mir lieber, was zu tun ist.«

»Jetzt soll also der alte Seckel wieder ran. Obwohl der nicht nur im Ruhestand, sondern auch noch im Krankenstand ist. Bis jetzt gibt es doch noch gar keinen Anlass für hektische Aktionen. Wart` erst mal die Untersuchungen ab, dann sehen wir weiter. Willst du was trinken?«

»Nein, ich hab' nicht viel Zeit. Munz will noch heute meine Aussage zu Protokoll nehmen. Und vorher muss ich noch den Ronny abholen.«

Bröckle schüttelte seinem Freund aufmunternd die Hand. Gedankenverloren sah er ihm durchs Fenster nach. Jonas bestieg seinen Wagen und fuhr in angepasster Geschwindigkeit aus der Wohnstraße.

Schon komisch, dachte Bröckle, da wird ein Doktor tot im Stadion gefunden. »Der Fußball ist auch nicht mehr das, was er mal war«, bruddelte er leise vor sich hin.

»Was sagst du?« rief Eva Bröckle fragend durch die offene Esszimmertür.

»Nichts. Ich hab' bloß laut gedacht.«

»Ruh` dich lieber aus.«

»Von was denn? Vom Rumliegen?«

»Du brauch'sch mi net abläffa, wenn dir dei Kreiz wehtut.«

»Tss.«

»Was sagst du?«

»Nichts.«

*

»Die Hooligans des letztjährigen Meisters River Plate Buenos Aires lieferten sich Schießereien mit gegnerischen Fans auf der Autobahn zwischen der Hauptstadt und dem Strandort Mar del Plata. Der Anhang des Meisterschaftszweiten Boca Juniors stürmte vor einem Spiel ganze Strände, um die Urlauber auszurauben. Ähnliche Vorfälle gab es bei den Begegnungen der Traditionsvereine Racing und Independiente.« (dpa-Meldung)

Desiderius Jonas sah die Post durch, die der Briefträger auf die Treppe gelegt hatte. Neben frühen Urlaubsgrüßen von zwei Freunden waren es zwei Werbesendungen, ein Schreiben vom Landratsamt sowie ein dicker Brief von seinem alten Freund Theo Wuttke, den es beruflich von Fuchsenried nach Tauchlingen auf der Schwäbischen Alb verschlagen hatte. Er öffnete zuerst die Amtspost, was er sofort bereute. Wer den Schaden hat, braucht für den Spott nicht zu sorgen, dachte Jonas, als er den geöffneten Brief in den Händen hielt. Da schrieb ihm die ihm gut bekannte Leiterin des Straßenverkehrsamtes persönlich, was ansonsten bestenfalls von einer Sachbearbeiterin auf den Weg gebracht wurde:

»Sehr geehrter Herr Dr. Jonas,

nach Mitteilung des Kraftfahrt-Bundesamtes in Flensburg sind folgende Verkehrsverstöße im Verkehrszentralregister für Sie eingetragen:
21.06.1997: Zulässige Höchstgeschwindigkeit überschritten
26 – 40 km/h: 03 Punkte.
16.01.1998: Zulässige Höchstgeschwindigkeit überschritten
26 – 40 km/h: 03 Punkte.
22.06.1998: Führen oder Anordnen oder Zulassen des Führens eines Kraftfahrzeuges trotz Fahrverbot:
06 Punkte.
Das Landratsamt ist nach § 4 des Straßenverkehrsgesetzes i. V. mit § 15 b StVZO verpflichtet, Sie zu verwarnen.«

Jonas musste grinsen, immerhin hatte er den erneuten Entzug des Führerscheins kurz vor dem letzten Urlaub noch absitzen können, was freilich zu einer argen Zusatzbelastung für Rosi ausgeartet war, die ihn in der Gegend herumchauffieren musste. Interessiert las er weiter, was ihm die über viele verkehrspolitische Streitereien zur Intimfeindin gewordene Amtsleiterin mit offensichtlich großem Genuss höchstpersönlich geschrieben hatte:

»Diese Verwarnung wird bei Ihnen zunächst auf wenig Verständnis stoßen. Sie sollten sie jedoch nicht auf die leichte Schulter nehmen. Sofern Ihr Punktekonto nämlich weiter anwächst, sind wir verpflichtet, weitere Verwaltungsmaßnahmen zu ergreifen, d. h., Sie müssten mit einer Überprüfung Ihrer Eignung zum Führen von Kraftfahrzeugen rechnen. Durch die Teilnahme an einem Aufbauseminar für Kraftfahrer besteht die Möglichkeit, unabhängig von dieser Verwarnung Ihr Punktekonto zu vermindern. Die Teilnahme ist freiwillig, aber kostenpflichtig.«

»Des hätt' grad no g'fehlt, denne au no Geld in da Racha schmeißa.« Immer wenn Jonas sehr wütend oder sehr fröhlich war, dachte oder sprach er in besonders breitem Schwäbisch. Ansonsten hatte er es sich als Hochschullehrer angewöhnt, auch für Nichtschwaben verständlich zu reden. Schuld an dieser Geschichte war damals einmal mehr der Fußball. Beim ersten Verstoß war er mit 126 statt erlaubter 100 km/h auf der Autobahn in Richtung Karlsruhe in der Höhe von Pforzheim geblitzt worden. Pech, ein gemessener Kilometer weniger, und er hätte keine drei Punkte in Flensburg bekommen. Das zweite Mal waren es 138 km/h. In beiden Fällen war er auf dem Weg ins Stadion. Und die dritte Geschichte war an sich der Gipfel der Blödheit.

Rosi hatte noch gesagt: »Lass es bleiben, das geht schief. Nimm das Fahrrad.«

Aber Jonas wollte an dem schönen Juniabend noch ins Freibad. Allerdings wollte er auch pünktlich um zwanzig Uhr zu Hause sein, um die Übertragung eines Länderspiels von Anfang an zu sehen. Und da er sich am Schreibtisch verspätet hatte, reichte es mit dem Fahrrad nicht mehr, zumal er auf dem Heimweg einen langen Anstieg hätte bewältigen müssen. Was sollte schon schief gehen? Am alten Waldfreibad hatte er noch nie einen Polizisten gesehen. Und die Strecke über Felsberg war eh unproblematisch. Am Ende stolperte Desiderius Jonas über einen in seiner Ehre gekränkten Polizisten, der der festen Meinung war, er,

Prof. Dr. Jonas, steige in dreister Ignoranz der Ordnungsmacht vor einem Vertreter derselben in seinen Wagen, ohne im Besitz einer Fahrerlaubnis zu sein. In Wirklichkeit hatte Jonas den Dorfpolizisten einfach nicht als solchen wahrgenommen, als dieser in Zivil seinen Sohn mit dem Privatfahrzeug unmittelbar vor Schließung des kleinen Bades abholte. Mit dem festen Vorsatz, künftig nur noch sehr defensiv zu fahren und auf keinen Fall an einem Aufbauseminar für Kraftfahrer teilzunehmen, warf Desiderius Jonas das Schreiben samt Umschlag zum Altpapier.

Etwas erfreulicher war der Brief von Theo Wuttke, der in launigen Worten von seinen Erfahrungen an einer schwäbischen Dorfschule berichtete. Das mehrseitige Schreiben endete allerdings mit einigen traurigen Ausführungen über das mögliche Schicksal des Karlsruher SC:

»Ja, und jetzt muss ich noch ein Wort zum Karlsruher SC verlieren, es muss sein! Es sieht nicht gut aus. Immer wieder habe ich es mir angetan und bin zu den Spielen nach Karlsruhe gefahren. Die von euch bestellten Karten für das letzte Heimspiel gegen den VfB liegen bei mir bereit. Wird es das letzte Bundesligaheimspiel für den KSC sein? Noch hoffe ich, aber ich glaube, ihr werdet an diesem Tag die letzten Stadionwürste auf Erstliganiveau essen können. Guten Appetit, und dann ade Bundesliga! Wer einmal Löwe, der immer Löwe. Ich gehe auch in die zweite Liga. Und montags kann ich mir die Spiele life im DSF anschauen. Wie heißt es so schön: ›Ein Fan muss viel leiden.‹
Mit leidenschaftlichen Fan-Grüßen
Euer Theo.«

Gerade als Jonas den Brief zu Ende gelesen hatte, betrat Winni, sein jüngster Sohn das Haus. »Betreten« war nicht ganz der richtige Ausdruck, denn der mit einer strahlend weißen Basecap Bemützte bewegte sich in dem zuckenden Gang aller Hipp Hopper, wobei er zudem die Arme in eigentümlicher Weise rhythmisch durch die Luft schwenkte. Dazu sang er einen merkwürdigen Text:

»... die Erinnerung ist weg,
›Guten Morgen, mein Schatz!‹
Ich kriege nen Schreck,
denn neben mir im Bett
liegt ein Etwas, dick und fett,
eine Frau wie ein Pottwal,
hässlich und grässlich ...«

»Na, Kleiner, das sind ja tolle Texte.«

»Crème de la Crème.«

»Na, so vom Feinsten ist's ja auch wieder nicht.«

»So heißt die Gruppe.«

»Ach so. Hast du mal wieder in der Schule deine Mütze nicht abgesetzt.

»Hmm.« Der Kleine wippte weiter, obwohl er seinen Gesang längst unterbrochen hatte und auch keine Musik hörte. Nicht einmal den Walkman hatte er auf.

»Und die Lehrer sagen dazu nichts?«

»Nö.«

»Zustände heutzutage.«

»Tja, da regiert deine Generation. Hasch macht lasch.«

»Alter Frechdax.« Jonas lachte. »Lies mal, was Theo so schreibt.« Er reichte seinem Jüngsten den zu Ende gelesenen Brief.

»Oh je, der alte Badenonkel. Wahrscheinlich jammert er wieder über das Elend seines KSC.«

»Etwas mehr Respekt vor einem wahren Supporter, bitte!«

*

»Das Fehlen von Rotlichtbezirken ist Ausdruck von Provinzialität, das Fehlen von Erstligafußball potenziert dieses Elend.« (Quelle unbekannt)

»Scheiße«, murmelte Bröckle halblaut, als es an der Haustür klingelte. Er war allein zu Hause und hatte nach wie vor höllische Schmerzen. Fest entschlossen, den ungebetenen Besuch zu ignorieren, verharrte er in halb liegender Stellung in seinem Sessel. Es klingelte erneut. Etwas länger als das erste Mal.

»Hergottsack.«

Nun läutete es ein drittes Mal, begleitet von einem leisen Klopfen an der massiven Haustüre.

»Herr Bröckle«, rief eine Frauenstimme.

»Ich komm' ja schon«, brüllte er in die Schlucht des Treppenhauses hinunter. Stöhnend wuchtete er sich Zentimeter um Zentimeter aus seinem Sessel. Es klingelte erneut. Als er nach einigen Mühen und mit Schmerzen die Tür öffnete, stand Katharina Jungpaulus vor ihm.

»Sie?« Bröckle war sichtlich überrascht.

»Grüß Gott, Herr Bröckle. Ich muss was mit Ihnen besprechen.«

»Ich geh' nicht zurück ins Krankenhaus.«

Die junge Frau machte eine abwehrende Handbewegung.

»Deswegen bin ich nicht gekommen.«

»So?«

»Wirklich.«

»Weshalb dann?«

Die Besucherin blickte Bröckle unsicher an.

»Ja«, sagte dieser und wies ihr mit einer knappen Geste den Weg. »Gehen Sie schon mal voraus.«

Katharina Jungpaulus lächelte. Bröckle wusste, dass sie ihn durchschaut hatte. Er wollte nicht, dass sie hinter ihm die Treppe hochging. Oben angekommen, ließ er sich wieder vorsichtig in seinen Sessel gleiten.

»Was gibt's denn so Wichtiges?«

Kathi Jungpaulus kniff die Lippen fest zusammen und schwieg.

»Also, was ist los?«

»Na ja, ich wollte eine bestimmte Sache mit Ihnen besprechen.«

»Die Raspe-Geschichte?«

»Nein, die nicht ... die auch, aber ...«

»Mädle, i kann's dir net aus der Nas' ziega.« Bröckle war etwas lauter geworden.

»Tut mir leid, dass ich Sie belästige. Ich dachte, Sie könnten mir helfen, aber eigentlich darf ich über die Sache gar nicht reden.«

»Das haben Sie doch schon vorher gewusst.«

»Ja, schon. Aber einen Moment lang dachte ich ...«

»Geht es wirklich nicht um den Raspe? Geht's um den Huber?«

»Nein, nein.« Die junge Frau schüttelte energisch den Kopf.

»Ist es die Sache mit dem Jungen?«

Katharina Jungpaulus schwieg. Ihre gefalteten Hände hielt sie merkwürdig verdreht.

»Weiß man, woher er kam?«

»Man weiß noch nicht mal seinen Namen.«

»Wahrscheinlich ein Illegaler.«

»Wahrscheinlich.« Sie nickte lebhaft.

»Sie haben ihn versorgt.«

»Wanner und ich. Wir waren lange auf der Intensivstation.«

»Hatten Sie Dienst als der Junge eingeliefert wurde?«

Katharina Jungpaulus nickte schweigend.

»Und wegen der Geschichte kommen Sie zu mir?« Die junge Frau blickte auf, erhob sich rasch und reichte dem Alten schnell die Hand. »Entschuldigen Sie, dass ich Sie so überfallen hab'. Das hätt' ich nicht tun dürfen. Auf Wiedersehen, Herr Bröckle. Ich find' schon alleine zur Tür.«

»Wenn was ist, dürfen Sie gerne wiederkommen«, rief er ihr nach. Da aber war Kathi Jungpaulus schon an der Haustüre. Bröckle hörte, wie sie geöffnet und rasch wieder geschlossen wurde. Nachdenklich blieb er in seinem Sessel liegen.

*

»Dabei gibt es die Mode-Führer (dt. für Trendsetter) unter den Großstars selbst. Keine Liga-Mannschaft ohne rasierten Kahlkopf mehr. Mitunter: jede Menge Mitläufer, willige Vollstrecker von peer pressure, so dass ein VfB aus Stuttgart es fast geschafft hätte, komplett als Sträflingsgang von Alcatraz aufzutreten. Die Folge: Langhaarige auf die Ersatzbank. Ergänzungsspieler.« (Stefan Erhardt in: »Der tödliche Pass – Zeitschrift zur näheren Betrachtung des Fußballspiels«)

Der Ostermontag brachte typisches Aprilwetter. Kurze Regenschauer wechselten ab mit sonnigen Augenblicken, über die sich allerdings bereits nach kurzer Zeit wieder Wolkenfetzen legten. Jonas war mit der Bahn unterwegs von Leipzig nach Cottbus, die Bummelstrecke entlang, die über Altenburg, die Welthauptstadt des Skatspiels, in die Lausitz führte. Der Rest der Familie war für ein paar Tage nach Berlin gefahren, wo sie sich mit Freunden trafen. Ferdinand Ordennewitz, ein nunmehr in der Hauptstadt lebender Munzlinger Freund aus alten Tagen, ließ im Verein mit den Gästen aus der schwäbischen Provinz für wenige Tage Leib und Seele baumeln. Und Theo Wuttke trainierte über Ostern auf den bergigen Radstrecken Mallorcas.

»Komm, fahr doch mit, es sind ja nur ein paar Tage«, hatte Rosi ihren Mann gelockt. Doch der hatte nur abgewinkt und dringende Besprechungen für seine Hochschulprojekte vorgegeben. In Wirklichkeit hatte er schon lange geplant, die Kicker von St. Pauli auf ihrem steinigen Weg zu Energie Cottbus zu begleiten. Wenn sie dort gewinnen würden, hätten sie vielleicht noch einmal eine Chance zum Aufstieg in die erste Liga. Wenn nicht? Dann war es ein verlorenes Jahr. Der Zug fuhr unruhig und mit langsamer Geschwindigkeit. Der Übergang von Ostsachsen nach Brandenburg zeigte das hässliche Gesicht der Armut. Keine blühenden Landschaften. Nicht einmal mehr Speckgürtel. Hier war der Aufschwung Ost im Morast stecken geblieben. Die unruhige Gleichförmigkeit des Fahrgeräusches unterstützte Jonas' Abschweifungen in die Vergangenheit. Schon einmal war er nach Cottbus zum Fußball gefahren. Mit Wuttke. Die Erinnerung an die »Cottbusser Elendsnacht«, wie er sie nannte, kam nochmals hoch. Nach dem Spiel war er damals mit Wuttke an seiner Seite wortlos durch den braunen Matsch geschlurft, der aus einer Mischung stundenlanger Schneeschauer und dem immerwährenden feinen, braungeflockten Ascheregen entstanden war. In Cottbus lag damals, im Unterschied zu vielen anderen Städten Ostdeutschlands, noch immer der Geruch nach Braunkohlegasen in der Luft. Die Emission stammte überwiegend nicht mehr aus der Industrie, die in der Lausitz in extremer Weise plattgemacht worden war. Hier hatten noch viele Wohnungen Dauerbrandöfen – dieser Begriff stammte noch aus DDR-Zeiten. Und in diesen wurde noch reichlich Braunkohle verfeuert. Nicht selten konnten sich die Menschen den schlechten Brennstoff kostenlos oder sehr billig von den großen Halden organisieren. Alte Beziehungen waren es meist, die hilfreich waren. Und die mangelnde Nachfrage nach dem, was in der DDR einmal »unser braunes Gold« genannt wurde. Dieser Schnee-Einbruch Mitte April kam völlig überraschend. Wuttke schüttelte immer wieder den Kopf.

»Der Schnee war der Anfang vom Ende. Als es um sechs

angefangen hat, wie verrückt zu schneien, hab' ich schon gedacht, das geht heute schief.«

»Quatsch. Die Bedingungen waren für alle gleich. Die haben nicht dagegen gehalten. Kein Kampfgeist. Lausiger Auftritt in der Lausitz. Peinlich.«

Jonas war verbittert. Theo Wuttke war eigens von Fuchsenried zu ihm nach Leipzig angereist. Er hatte die verrückte Idee gehabt, gemeinsam das Pokalhalbfinalspiel zwischen Energie Cottbus und dem Karlsruher SC zu besuchen. Jonas hatte die Karten besorgt. Und weil es nicht möglich war, nach dem Spiel mit dem Zug noch von Cottbus nach Leipzig zu gelangen, waren sie mit dem Auto gefahren, trotz der Gefahr, dass aufgebrachte Brandenburger Hooligans im Falle des zu erwartenden Ausscheidens des damaligen Regionalligisten ihre Wut an dem Fahrzeug mit westdeutschem Kennzeichen ausließen. Dass der KSC ins Finale kam, war für Jonas und Wuttke ausgemachte Sache. Jonas hatte seinen Söhnen versprochen: »Wir fahren nach Berlin.«

Nun klangen ihnen die Lieder in den Ohren, die einundzwanzigtausend Cottbusser unaufhörlich gesungen hatten, bereits von Beginn an, als es noch 0:0 stand.

»Oh wie ist das schön. Oh, wie ist das schön. So was hat man lange nicht geseh'n ...« »Wir fahren nach Berlin. Wir fahren nach Berlin. Wir fahren nach Berlin.« Vor und während des Spiels war von der gegenüberliegenden Tribüne das Scheppern einer schlecht, aber leidenschaftlich spielenden Musikkapelle zu vernehmen. In erster Linie wurden Trommeln, Becken und Pfeifen eingesetzt. Wuttke fröstelte. Das Scheppern klang ihm noch im Ohr.

Und er sah die fröhlichen, leidenschaftlichen Gesichter der Cottbusser erneut vor sich. Vereinzelt kamen sie den beiden Passanten entgegen. Obwohl sie mit hoher Wahrscheinlichkeit das Spiel nicht live erlebt hatten, waren die meisten von ihnen guter Stimmung. Die ganze Stadt, ansonsten gelähmt von Perspektivlosigkeit und wirtschaft-

46

lichem Niedergang, war für einen kurzen Moment im Rausch. Autos fuhren vorbei, die ein südländisches Hupkonzert produzierten. Der Schneefall hatte endlich aufgehört. Zu spät, wie Jonas fand. Als sie am Abend endlich ins Stadion gelangt waren, war es kaum möglich, von einem Tor zum anderen zu schauen, so dicht fiel der Schnee in großen Flocken. Die Gastgeber, die bereits mehrere Erst- und Zweitligisten im Pokal ausgeschaltet hatten, gingen von Anfang an in die Offensive. Man merkte keinen Augenblick, dass der Karlsruher SC zwei Klassen höher spielte. Cottbus machte Druck, rannte immer wieder gegen das Gehäuse von Reitmeier an. Jonas blickte um sich. Er sah die ratlosen Gesichter der nicht sehr zahlreichen Karlsruher Fans. Er erkannte einige der »Kampftrinker«, Mitglieder eines schon etwas überalterten Karlsruher Fanclubs. In der dreiunddreißigsten Minute wurde der bis dahin schon völlig überforderte Schuster vom KSC wegen groben Foulspiels vom Platz gestellt.

»Und so was ist Nationalspieler«, murmelte Wuttke grimmig.

»Die verlieren«, sagte Jonas.

Und er behielt Recht. Mit Ach und Krach rettete sich der Bundesligist mit einem torlosen Remis in die Halbzeitpause. Das hielt noch bis zur vierundsechzigsten Minute. Ein Angriff der Cottbusser folgte auf den anderen. Die Profis hingegen agierten immer kopfloser. Hoßmang, der Cottbusser Libero, organisierte die Abwehr der Einheimischen souverän, während die Karlsruher kaum einmal den Ball planvoll nach vorne spielten. Schuss, Reitmaier hielt noch einmal. Der Ball war aber immer noch nicht aus der Gefahrenzone. Ein Karlsruher Spieler stocherte ihn im Schneematsch aus dem Strafraum, er kam zu Kronhardt. Und der Cottbusser Stürmer hielt drauf. Wie ein Blitz schlug die rote Kugel in die Maschen des Karlsruher Tores ein. Jonas sah nur noch jubelnde Zuschauer. Die wenigen Karlsruher

Fans um ihn herum waren völlig still. Was viele schon seit Minuten geahnt hatten, war eingetreten. Der Torschütze hetzte, verfolgt von seinen Mitspielern, wie ein Irrwisch über den Platz. Er riss das Trikot hoch. Auf dem weißen Unterhemd stand ein Name, den Jonas von seinem Platz aus nicht entziffern konnte. Rosi, die mit den Kindern das Spiel zu Hause vor dem Fernsehgerät verfolgt hatte, erzählte ihm später, dass auf dem weißen Unterhemd der Name »Julie« gestanden hatte.

»Er hat das Tor seiner in Braunschweig lebenden Freundin Julie gewidmet.«

»Ja, Tor«, brüllte Theo Wuttke in einer Mischung aus Hoffnung und Verzweiflung. Unmittelbar nach dem Führungstor der Cottbusser hatten die Karlsruher eine Riesenchance zum Ausgleichstreffer. Doch vertan, vergeben. Wuttke blickte resigniert zu Boden. Und dann ließ sich der zu Bayern München wechselnde Tarnat von einem Amateur im Zweikampf Mann gegen Mann umspielen wie ein Schulbub. Irrgang spielte sich durch und schoss in der achtundsechzigsten Minute das 2:0. Das Stadion tobte. Alle wussten, das war der endgültige K.O. für den Favoriten. Dass dann Konetzke, der Stürmer, der aussah wie der blanke Tod, weil ihm eine hormonelle Störung das gesamte Kopfhaar geraubt hatte, bei einem weiteren Konter noch das 3:0 machte, war letztendlich unbedeutend. Wieder war die Karlsruher Abwehr verwirrt wie Pennäler, denen zum ersten Mal eine reife Frau tief in die Augen sieht. Wuttke und Jonas verließen das Stadion fünf Minuten vor Abpfiff. Auch noch nach einer Viertelstunde konnten sie auf dem Weg zu Wuttkes Wagen jubelnde Lausitzer in fulminanter Lautstärke hören.

»Scheiß Schnee«, sagte Wuttke nochmals. »Und dann dieser Trottel Schuster. Macht ein idiotisches Foul und fliegt vom Platz. Fast könnte man meinen, da sind noch alte Seilschaften am Werk.« Wuttke spielte auf den Umstand an, dass Schuster ursprünglich aus der DDR stammte, wo er es bereits zum Nationalspieler gebracht hatte.

»Quatsch, der war einfach von der Rolle, aber nicht nur der. Wie Fink und Tarnat ihre Zweikämpfe verloren haben. Peinlich. Und die wollen jetzt zu Bayern München. Nur gut für den KSC.«

»Der kriegt wenigstens noch ein paar Millionen für die Flaschen.«

Sie hatten endlich Wuttkes Wagen erreicht. Um ihn nicht gleich in den Einzugsbereich militanter Hooligans zu bringen, hatten sie weitab vom Stadion in einem Wohngebiet geparkt.

»Scheiße«, entfuhr es Wuttke. Der KSV-Aufkleber am Heck war mit einem scharfen Gegenstand zerkratzt worden. In den Schneematsch auf der Windschutzscheibe hatte ein Unbekannter mit dem Finger »Energie« geschrieben.

»Könnte schlimmer sein.« Schweigend fuhren sie durch die Nacht. Von Cottbus aus ging es in südwestlicher Richtung über Landstraßen. Eine Stunde später fuhren sie durch die schmutzigen Straßen des ihnen bis dahin völlig unbekannten Elsterwerda.

»In Südfrankreich kennt man sich besser aus als bei unseren Brüdern und Schwestern in Ostdeutschland«, murmelte Jonas, der eine Straßenkarte auf den Knien hatte. Wuttke schwieg. Den nächsten größeren Ort kannten sie zumindest vom Namen her: Riesa.

»Stahl Riesa, einst DDR-Oberliga, heute abgestürzt in die Tiefen des Amateurfußballs.«

Sie hielten auf der Durchgangsstraße an einer Kneipe, die noch offen hatte. Wortlos tranken beide ein schnelles Bier. Einige späte Gäste, ausnahmslos Männer, diskutierten das sensationell verlaufene Fußballspiel. Weder Wuttke noch Jonas mischten sich in die euphorischen Fachsimpeleien der einheimischen Kneipenbesucher ein. Früher war das Spiel Cottbus gegen Riesa immer ein spannungsgeladenes Derby in der DDR-Oberliga gewesen. Heute freute man sich auch in Riesa über den Erfolg der Lausitzer. Wuttke stopfte sich eine Pfeife. Nachdem er sie angezündet hatte, füllte der Geruch eines würzigen Tabaks den Raum.

»Rauchst du noch immer das Mistkraut?« Jonas mochte den vertrauten Geruch nicht.

Wuttke lachte. »Den Tabak hol' ich mir jetzt in großen Mengen in Tschechien, wenn ich eine Freundin in Hof besuche. Ist da echt günstig.«

»Es fahren ja viele rüber zum Einkaufen. Klamotten, Glas, Zigaretten, Nutten.«

»Und Gartenzwerge. Gartenzwerge in allen Größen. Was fürs deutsche Gemüt.« Wuttke lachte erneut und paffte mit blitzenden Brillengläsern seine Schwaden in den Schankraum.

»Neulich, als ich von Dresden aus rübergefahren bin, habe ich einen Bekannten von dir getroffen, den Kurz.«

»Sozen-Kurz?«

»Genau den. Zusammen mit seinem Sohn.«

»Das kann nicht sein. Der hat gar keine Kinder.«

»Hat aber so ausgesehen. Er hat dem Jungen ein Chiemsee-Sweat-Shirt gekauft.«

»Komisch.« Mit einem »Zahlen bitte« wandte sich Jonas an die Bedienung. Auf der Weiterfahrt nach Leipzig kamen sie durch Wurzen.

»Hier unterhalten die Neonazis ein Schulungszentrum.« Wuttke ging nicht mehr auf den Hinweis von Jonas ein. Er war todmüde. Als sie endlich das kleine Appartement erreicht hatten, das Desiderius Jonas seit einigen Monaten in Leipzig unterhielt, wickelte er nach einem knappen »Gute Nacht« seinen Schlafsack aus, kroch hinein und war bereits eingeschlafen, als Jonas nach dem Zähneputzen aus dem Bad in das geräumige Zimmer trat, welches er bislang nur notdürftig möbliert hatte.

*

»Aufgebracht hingen sie am Zaun. Es war ein Bild wie im Zoo, und wir dachten spontan an Kurt Tucholsky, der im ›Simplizissimus‹ den Affen im Käfig mit erleichterten Worten zitiert hat: ›Wie gut, dass sie alle hinter Gitter sind.‹ Die Zuschauer.« (Oskar Beck)

Als die Regionalbahn in den Cottbusser Bahnhof einfuhr, schreckte Jonas unsanft aus seinen Erinnerungen hoch, die um seinen letzten Aufenthalt in dieser Stadt vor mehr als einem Jahr kreisten.

Jonas blickte auf den Bahnsteig. Ein Großaufgebot an Polizei und Bundesgrenzschutz sicherte das Terrain. Großkampftag. Schon am Nachmittag hatten größere Gruppen Cottbusser Hools die Stadt durchstreift, um der einen oder anderen »Zecke« habhaft zu werden. Besonders im Bahnhofsbereich hofften sie auf reiche Beute, was in der Realität einzelne oder in Kleingruppen anreisende »Bunte« bedeutete, die aus Berlin und dem näheren Umland zum Auswärtsspiel des Kultclubs der linken Szene aufgebrochen waren. Als Jonas seinen massigen Körper aus dem Zug wuchtete, drangen ihm Sprechchöre einiger Cottbusser Fans ins Ohr.

»SS, SA, die Cottbusser sind da«, skandierte es aus dem Inneren des Bahnhofs. Jonas wandte sich an den nächststehenden BGS-Mann.

»Wo ist denn Ihr Einsatzleiter?«

»Das geht Sie nichts an, mein Herr.«

»Das geht mich als Bürger dieses Staates schon was an, wenn hier Nazipack ungestraft die SA und SS verherrlicht.«

»Gehen Sie weiter.«

»Sie geben mir jetzt Auskunft.«

»Wenn Sie sich weiter renitent benehmen, werden wir Sie von diesem Platz entfernen.«

In diesem Moment griff jemand Jonas am Arm und zog

ihn weg.

»Auf, komm. Das hat doch keinen Sinn.« Es war sein Cottbusser Kollege Walter Herre, mit dem er sich für das Spiel verabredet hatte. Herre war kein ausgesprochener Fußballfan. Er hatte sich allerdings bereiterklärt, die Karten zu besorgen und Jonas zum Spiel zu begleiten. Vorausgesetzt, dass sie in einem neutralen Block gingen. Dem hatte Jonas schweren Herzens zugestimmt. Zu gerne wäre er dem »Volkstheater« der Hamburger Fans im Gästeblock nahe gewesen.

»Du solltest doch wissen, dass solche Diskussionen mit einem angespannten Ordnungshüter wenig Sinn haben.« Herre puffte seinen Begleiter aufmunternd in die Rippengegend. »Jetzt geht's zum Spiel, und dann gehen wir noch gut was essen. Und was trinken.« Er lachte seinen Kollegen freundlich an, dessen Miene noch immer Unmut ausdrückte.

»Du hast schon Recht. Man darf das auch nicht verallgemeinern. Aber im akuten Augenblick kotzt mich das einfach an.«

Das Stadion war gut zur Hälfte gefüllt. Jonas schätzte, dass etwa zehntausend Zuschauer da waren. Walter Herre hatte für beide sehr gute Karten auf der Haupttribüne besorgt, unmittelbar hinter der Bank von Eduard Geyer, dem Cottbusser Trainer, ehemals Trainer der letzten DDR-Nationalmannschaft. Mit zunehmender Spieldauer stellte Jonas fest, dass der Platz hinter der Trainerbank hohen Unterhaltungswert hatte. Geyer, dem sie in der Lausitz den Ehrentitel »der schlaue Schleifer« gegeben hatten, flippte gegen Ende des Spiels immer öfter aus, brüllte rum wie ein Wilder und agierte wie das Rumpelstilzchen in Bestform. Das entschädigte Jonas etwas dafür, dass es ihm versagt blieb, im Block der St.-Pauli-Supporter zu stehen. In dem gut überschaubaren Stadionrund trafen zumindest optisch die unterschiedlichsten soziokulturellen Milieus auf einander.

In Wirklichkeit waren die Gruppen durch in Doppelreihen formierte Bundesgrenzschutzeinheiten weitgehend voneinander getrennt. In den Cottbusser Blocks sah man neben dem dominierenden Flaggenschmuck der organisierten Kuttenfans, welche sich so nette Namen wie »Die Energetiker« gaben, auch die eine oder andere Reichskriegsflagge und ein Transparent, in welchem auf schwarz-weiß-rotem Grund mit einem in altdeutscher Frakturschrift gehaltenen „In Treue fest" die Verbundenheit mit dem Heimatverein bekundet wurde.

»Ich hätte ja nicht gedacht, dass es im Beitrittsgebiet so viele Fans des FC St. Pauli gibt.« Herre wies auf verschiedene Transparente im Fanblock der Hamburger. »St. Pauli Fan-Club Halle/Saale« war da zu lesen oder »Zonies für St. Pauli«. Am auffälligsten war ein am Zaun hängendes langes, schwarzes Transparent mit dem weißen Aufdruck »Spreekanaken«.

»Die Spreekanaken sind die unmittelbaren Nachkömmlinge der Berliner Spaßguerilla.«

»Ich weiß. Der militante Flügel von Multikulti.«

»Nee, nee, nix Multikulti, das sind Cottbus-Fans. Allerdings solche, die noch einen Finger Hirn unter blanker Haut besitzen.«

»Na ja. Ob man das so sehen kann.«

»Doch, doch. Und ein paar Bunte sind auch darunter.« Das Spiel begann. Schon nach wenigen Minuten wurde deutlich, dass dies keine Zauberei und kein Leckerbissen werden würde. Eher typisch deutsches Kampfspiel, allerdings durchsetzt von einer hohen Fehlerquote. Die Hamburger bemühten sich redlich. Dass sie aber mit Kabinettstücken aus der Schule der hohen Fußballkunst die letzte Chance auf den direkten Wiederaufstieg in die erste Liga zu erzwingen gedachten, war bei aller Parteilichkeit nicht zu erkennen. Ein Kopfball von Springer in der dreizehnten Minute führte zur einzig zwingenden Torchance der Gäste in der ersten Halbzeit. Mit 0:0 ging es in die Pause.

»Ich sollt' mal aufs Klo. Die Kälte zwingt das Wasser, obwohl wir noch kein einziges Bier zu uns genommen haben.« Herre, der trotz längeren Stehens in der österlichen Kälte noch keinen Harndrang verspürte, beschrieb Jonas den Weg zu den Toiletten, die sich in den langsam abbröckelnden Katakomben des »Stadions der Freundschaft« befanden.

»Scheußlich hier.« Ein trister Vorraum lud nicht zu längerem Verweilen ein. Als Desiderius Jonas den heruntergekommenen Raum mit den langen Urinalen an den Wänden betrat, wurde er Zeuge eines befremdlichen Spektakels. Zwei kurzgeschorene jüngere Männer in flecktarn gefärbten Wendeblousons der US-Armee bemühten sich mit vereinten Kräften, den Kopf eines unter ihnen liegenden dritten in die Rinne des Urinals zu drücken. Nachdem er die unterlegene Gewichtsklasse der beiden Gewalttäter taxierend festgestellt hatte, schlug Jonas beiden kräftig mit der flachen Hand in die kahlgeschorenen Nacken. Die beiden Jungen, die kaum mehr als sechzehn Jahre alt waren, ließen von ihrem Opfer ab. Der hundertzwanzig Kilo von Jonas gewahr werdend, suchten sie rasch das Weite.

»Ach, so ist das.« Jonas entdeckte auf dem Rücken des immer noch am Boden liegenden Opfers einen schwarzen Aufnäher mit dem weißen Schriftzug »Spreekanaken«. Er zog das schmächtige Jüngelchen, das in viel zu großen Springerstiefeln steckte, aus dem Unschlitt. Der Kleine schluchzte. Am Körper schien er unverletzt zu sein, aber die Seele blutete. Und sein bunter Schopf stank markant nach Pisse. Jonas zog ihn an ein Waschbecken und ließ einen dünnen Wasserstrahl über den langsam zusammenfallenden Iro laufen.

»Wasch dir mal die Feige. Und dann sieh zu, dass du dich nicht erkältest.«

»Alter, du bist wohl vom Stamme der Mutter Teresa.«

Der Kleine schien wieder zu sich zu kommen.

»Nee, noch schlimmer, gelernter Sozialarbeiter.«

»Pfff. Aber die beiden Faschos haste janz schön gewatschelt. Nicht typisch für 'ne Sozialassel.«

»Hab' ich bei Aktenzeichen XY gelernt. Jetzt trinken wir noch 'ne Molle, und dann gehste wieder in deinen Pferch. Sonst kommen die noch mit dem großen Bruder.«

Als Jonas wieder neben Herre auf der Haupttribüne Platz nahm, hatte die zweite Halbzeit schon begonnen.

»Warst lange weg.«

»Ich musste mal rasch erste Hilfe leisten.«

»War da einer verletzt?«

»So kann man das sehen.«

Das Spiel war im Vergleich zur ersten Halbzeit nicht attraktiver geworden. Die Fehlpassquote war bei beiden Mannschaften recht hoch. Dafür gab es so gut wie keine Torchancen. Bis zur siebenundsiebzigsten Minute. Da hätte St. Pauli in Führung gehen können. Eduard Geyer rannte noch Minuten nach der ungenutzten Gelegenheit der Hamburger tobend die Seitenlinie entlang. Instinktiv versuchten die Cottbusser Spieler die Außenlinie zu meiden, was den Wutausbruch des ergrauten Schleifers noch verstärkte.

»Da passiert nicht mehr viel.«

»Wahrscheinlich hast du Recht.« Jonas blickte resignierend auf das Spielfeld. Seit Minuten bolzten beide Mannschaften den Ball nur planlos hin und her.

»Cottbus ist kein gutes Pflaster für mich.«

In der Ferne ertönte ein Martinshorn. Ein zweites stimmte ein. Jonas bemerkte im Block der St.-Pauli-Fans eine aufkommende Unruhe, die er sich nicht erklären konnte. Es schien nichts mit Angriffen der Cottbusser Hooligans zu tun zu haben. Diese standen relativ ruhig in ihrem Sektor.

»Komm, lass uns gehen, ich muss den Zug noch kriegen.«

Jonas und Herre erlebten den Schlusspfiff bereits außerhalb des Stadions. Es hatte sich offensichtlich nichts mehr getan. Die Null stand. Allerdings für beide Mannschaften.

*

»Als Helmut Kohl nach dem Gewinn der letzten Fußball-Europameisterschaft in der Kabine des Wembley-Stadions aufkreuzte und die schweißnassen Nationalspieler herzte, stimmten die deutschen Kicker-Millionäre mitten im Freudentrubel ein Klagelied an: ›Helmut, senk den Steuersatz!‹ Vollmundig versprach der Kanzler einen fiskalischen Befreiungsschlag, verdribbelte sich aber im Bonner Reformstau. Seither versuchen immer mehr Fußballprofis im Allein gang, die Finanzbehörden auszutricksen – zumeist im Doppelpass mit schillernden Spielerberatern.« (Johannes Nitschmann)

Jonas war nach einem hastigen Umtrunk mit seinem Kollegen mit dem Zug von Cottbus nach Leipzig gefahren. Dort hatte er den Nachtschnellzug bestiegen, der von Berlin-Lichtenberg über Nürnberg nach Stuttgart fuhr. Ein Zug aus verlorener Zeit. Alte Schnellzugwagen der DDR-Reichsbahn. In den Abteilen lungerten Jüngere, die von irgendeinem Event kamen und nach Hause fuhren, viele Polen und Russen auf den Transitwegen von Ost nach West und Gestrandete. Die Abteile waren fast durchgängig verqualmt, auch die, in denen nicht geraucht werden durfte. Und das alles wegen eines Fußballspiels, dachte Jonas, als er die Schiebetür zu einem noch nicht ganz besetzten Abteil öffnete. Es roch nach Menschen, Schweiß, Alkohol und Zigaretten. Ein junger Pole grüßte ihn freundlich, die anderen nickten nur. Nach kurzem Zaudern fügte sich Jonas in sein Schicksal und nahm die kreisende Wodkaflasche an, wenn er an der Reihe war. Übernächtigt stieg er gegen halb sechs in Crailsheim um. Mit dem Frühzug kam er in Munzlingen an. Verschämt ging er denen aus den Weg, die den Zug bestiegen, um in die andere Richtung zur Arbeit zu fahren.

Angeschlagen von den Eskapaden der letzten Nacht wurde Jonas unsanft durch Lärm im Haus geweckt. Die Restfamilie war offensichtlich von ihrem Kurztrip zurück. Er blieb noch einen Moment mit geschlossenen Augen im Bett liegen. Rosi und die Kinder trugen wohl einen Disput aus, und der wollte nicht enden. Als er langsam die Treppe hinunterging, kam ihm seine Frau entgegen. Auf den ersten Blick war zu sehen, dass sie stocksauer war.

»So, ist der Herr bereits aufgestanden? Soll man ihm ein Frühstück bereithalten?«

»Was ist denn los?«

»Das ist eine gute Frage. Eine sehr gute.«

»Na also, ich bin doch schon ganz fit. Also, was ist los? Was plagt dich?«

»Winni will seine Schmuddelkappe nicht absetzen, wenn er aus dem Haus geht. Er trägt sie sogar in der Schule. Ronny kommt nicht mehr aus seinen dämlichen Springerstiefeln raus, und deine Tochter hat sich gestern Nacht, als du mal wieder in Fußballwelten entrückt warst, die Haare rasiert. Glatze. Zumindest auf der einen Schädelhälfte. Aber der Herr schnarcht bis in die Mittagszeit. Und außerdem«, Rosi Jonas unterband den Versuch ihres Mannes, etwas zu erwidern, mit einer rigorosen Geste, »und außerdem ist das Öl ausgegangen. Wir können nicht mehr heizen. Es ist schon richtig kalt im Haus.«

»Ach so. Und Gundi hat sich einen Iro geschnitten?«

»Ich weiß nicht, wie man das nennt, schau's dir selbst an.«

Desiderius Jonas hatte sich den Dienstag nach Ostern etwas anders vorgestellt, behaglicher, konfliktfreier. Er betrat die Küche, in der die Nachzucht noch beim Frühstück saß. Das neue Outfit seiner Tochter stach markant ins Auge. Die rechte Seite des Schädels war in einem großzügig gehaltenen Rundbogen ausrasiert. Dadurch wurde die optische Wirkung eines tellergroßen giftgrünen Plastikohrrings noch dominanter. Nach links standen vom Kopf einige rot gefärbte Stacheln in geschwungener Linie ab.

»Is` ja alles supergut, nä.«

Seine Tochter sah ihn mit großen Augen an. »Was willst du damit sagen?«

Jonas hatte das Bedürfnis, eine endgültige Festlegung noch hinauszuzögern. Einerseits liebte er expressive Jugendstile. Andererseits liebte er sie nicht so sehr, wenn sie von seinen eigenen Kindern inszeniert wurden. »Is` ja markant.«

»Was meinst du damit?«

»Was ich damit meine? Deinen Schopf natürlich.« Eine leise Schärfe legte sich in seine Stimme. Die Jungs kicherten.

»Bei uns gibt es nichts zu lachen. Was sagt denn Antony dazu?« Antony war der augenblickliche Freund von Gundi. Er stammte aus Ghana und hatte sich vor geraumer Zeit einen Platz in der Stammformation des SC Hinsbach, einem der beiden örtlichen Vertreter in der Landesklasse, erkämpft.

»Weiß nicht. Wir haben uns seit drei Wochen nicht mehr gesehen.«

»Wieso? Habt ihr Zoff?«

»Es ist aus.«

»Nun mal langsam.« Für Jonas mit seinem Brummschädel war dies alles ein bisschen zu viel. Aber der Morgen nahm unerbittlich seinen Lauf. Rosi kam in die Küche.

»Lass doch das Kind in Ruhe. Bestell` lieber Öl. Und zwar so, dass wir es heute noch kriegen. Und außerdem, da du dich in den Osterferien sowieso nur in Stadien rumtreibst, fliege ich für vier Tage nach Mallorca. Ich muss mal raus hier.«

»Aber, du warst doch eben erst in Berlin.«

»Berlin war viel zu kalt. Ich muss in den Süden. Die Kinder wollen mit. Und dazu solltest du ein paar Märker beisteuern.«

Desiderius hielt sich einen Moment lang an der Kante des Küchentisches fest. Mit geschlossenen Augen atmete er mehrmals tief durch. Als er die auf dem Tisch liegende Zeitung in die Hand nahm, sah er ein Foto von Detlef Kurz, wie er in Munzlingen auf einer »Informationsveranstaltung für Ältere« auftrat. An seiner Seite war Rudolf Sperling zu erkennen, der schon aufgrund seines fortgeschrittenen Alters für Seniorenfragen zuständig schien.

»Weißt du, ob der Kurz einen Sohn hat?«

»Welcher Kurz?«

»Na, der Sozen-Kurz.«

»Nein, der hat keine Kinder. Der ist doch schwul.«

»Bist du sicher?«

»Ziemlich. Wir waren doch früher mal zusammen bei den Jusos. Und im Übrigen, lenk` nicht ab. Was zahlst du für den Flug der Kinder?«

»Ist okay. Ich zahl' alles.« Jonas sehnte sich nach Ruhe. Das Dröhnen hinter seiner Stirn ging langsam in ein ständiges beidseitiges Pochen im Schläfenbereich über, das sich rasch verstärkte und darüber hinaus einen festen Rhythmus annahm. Ohne innere Beteiligung blätterte er erneut in der Dienstagszeitung, die noch die weltpolitischen und sportbezogenen Informationen des Osterwochenendes enthielt. Da ließ ihn die Überschrift einer kurzen Meldung auf der zweiten Seite auffahren:

»Tote im Stadion

Cottbus. Nach dem gestrigen Zweitligaspiel zwischen Energie Cottbus und dem FC St. Pauli wurde auf den Rängen des Gästeblocks eine weibliche Leiche gefunden. Abwandernden Stadionbesuchern war außerhalb des harten Kerns der Hamburger Fußballfans nach Ende des Spiels die leblose Person im Stehplatzbereich aufgefallen. Der alarmierte Stadionarzt konnte nur noch den Tod feststellen. Polizei und Gerichtsmedizin haben Ermittlungen aufgenommen. Über die genaue Todesursache liegen noch keine Erkenntnisse vor.«

*

»Einen Bundesligaverein aufzubauen, dauert sehr lange – ihn zu ruinieren, geht von heute auf morgen.« (Reinhardt Rauball, vormals Präsident von Borussia Dortmund)

Bröckles überhasteter Ausbruch aus dem Munzlinger Krankenhaus wirkte sich nicht förderlich auf den Zustand seines Rückens aus. Seine auf der Basis klassischer Hausmittel angewandte Eigentherapie schlug nicht dauerhaft an, auch wenn sie hin und wieder etwas Linderung und damit verbunden Hoffnung auf Heilung brachte. Die Osterzeit, die er früher zumeist mit Freunden beim Skifahren verbrachte, verlief somit öde und quälend. Zudem ging ihm seit der gestrigen Zeitungslektüre durch den Kopf, dass sein Kumpel Desiderius Jonas dreimal innerhalb weniger Wochen in der Nähe eines Tatortes war, an dem auf ungeklärte Weise jemand umgekommen war.

»Hoffentlich kommt der Sider da in nix nei«, war sein erster Gedanke. Der hat ja Talent für dubiose Geschichten. Tristes Schmuddelwetter rundete Bröckles Trübsalsszenario vollends ab. Missmutig blätterte er in den Zeitungen der letzten Tage. Auch im heutigen »Munzlinger Anzeiger« schien wenig Interessantes zu stehen. Das Telefon klingelte. Gott sei Dank stand es in seiner Reichweite. Munz war am Apparat. Der Häller Hauptkommissar kam nach einem knappen Gruß und einer flüchtigen Erkundigung nach

Bröckles gesundheitlicher Befindlichkeit gleich zur Sache.

»Bröckle, was ich von dir wissen will: Kann es sein, dass dein alter Freund Jonas trotz seines fortgeschrittenen Alters immer noch bei jedem Wetter in der Republik rumgeistert, um Spiele des FC St. Pauli zu besuchen?«

»Das weißt du noch, Munz.«

»Ja klar, von der Moreno-Geschichte.«

Bröckle schwieg einen Augenblick. In der von Munz so bezeichneten »Moreno-Geschichte« war immerhin sein Neffe für längere Zeit der Hauptverdächtige gewesen.

»Bin ich dir zu nahe getreten, Bröckle?« Munz hatte das Schweigen des Alten richtig gedeutet.

»Das ist vorbei, Schnee von gestern. Aber was ist mit Jonas?«

»Erst mal nichts, Bröckle. Aber wenn du sagst, dass er beim Spiel Cottbus gegen St. Pauli war, dann will man schon mal mit ihm reden.«

»Wegen des Todesfalls? Jonas hat mit der Sache bestimmt nichts zu tun. Tausendprozentig. Des isch so sicher, wie dass hinter Pforzheim U'verstand und Schwindel beginnat.«

»Bröckle, alter Sauschwob, lass das mal unsere Sache sein. Und beleidige nicht immer die Badischen. Immerhin waren unsere Karlsruher Kollegen ziemlich fix.«

Mit einem dem bayerischen Sprachschatz entlehnten »Pfüat di« hatte Munz aufgelegt.

Für einen Moment blieb der Alte gedankenverloren im Halbdunkel sitzen. Obwohl es noch früh am Nachmittag war, wurde es in der Stube so düster, dass Bröckle sich alsbald gezwungen sah, das Licht anzumachen. Eva, seine im Vergleich zu ihm immer noch jugendlich wirkende Ehefrau, hantierte hörbar in der Küche. Er dachte einen kurzen Moment daran, sie zu bitten, den Schalter zu betätigen, da ihm das Aufstehen große Mühe und Schmerzen bereitete. Doch getrieben vom Stolz aller Sportlichen und Körperbewussten verkniff er sich den Ruf nach Hilfe. Im Zeitlupentempo wuchtete er sich aus seiner halbliegenden Position. Aufrecht sitzend verharrte er einen Augenblick, um dann die eigentliche Herausforderung anzugehen.

»Aaaa! Verdammter Scheiß! Heckasoich!«

Eva Bröckle, die nach diesem typisch schwäbischen Schmerzenslaut unverzüglich ins Wohnzimmer eilte, fand ihren Gatten in halb aufgerichteter Stellung vor, in welcher dieser mit ins Kreuz gestemmten Fäusten unbeweglich verharrte.

»Was machst du denn da schon wieder?«

»Was soll ich schon machen. Licht will ich machen.«

»Dann sag'doch was.«

»Das krieg' ich schon noch allein hin.«

»Ja, das sehe ich.« Ehe Bröckle den Disput fortsetzen konnte, hatte ihn seine resolute Gattin untergehakt und mit fachgerechten Griffen vorsichtig in einen Sessel bugsiert.

»Da kannst du dich besser an den Lehnen hochziehen.«

»Gibst du mir mal die Zeitungen rüber?«

»So wird das nichts. Du musst wieder ins Krankenhaus.«

»Damit die Mähre vollends zuschanden geritten wird.« Bröckle, der wieder in den Zeitungen blätterte, war in Sorge ob seiner gesundheitlichen Befindlichkeit und dem daraus drohenden erneuten Krankenhausaufenthalt, wollte sich aber nichts anmerken lassen. Ein Artikel im Lokalteil des »Munzlinger Anzeigers« fesselte seine Aufmerksamkeit:

»Biomüllkompostieranlage: Munzlinger Bürgermeister Punz sucht nach neuem Standort

Nachdem im letzten Sommer der Versuch gescheitert ist, auf der Hinsbacher Markung ›Teichwiesen‹ eine Biomüllkompostier-Großanlage zu errichten, existieren in der Stadtverwaltung Überlegungen, nun einen Standort auf der Markung zwischen Munzlingen und Fuchsenried ins

Auge zu fassen. Der Munzlinger Bürgermeister Punz sieht in der Realisierung dieser Anlage einen wichtigen Beitrag zum Umweltschutz und zur Wirtschaftsförderung.«

Das wird die Munzlinger Bevölkerung aber freuen, dachte Bröckle. Der Munzlinger Bürgermeister will unbedingt Landrat werden und bringt dem Kreistag des Stauffer-Kreises als Morgengabe einen Standort für die Kompostieranlage mit. Der opfert die Interessen seiner Stadt seinen Karriereplänen. Mit einem lauten »Na prima« legte er den ausgelesenen »Munzlinger Anzeiger« fein säuberlich zusammen und warf einen Blick in den »Grüntalboten«. Dem Niederngrüner Wochenblatt konnte er einen Hinweis auf ein Jagdhornbläserkonzert entnehmen, an dem er als alter Waidmann zu gerne teilgenommen hätte. Doch das angekündigte Programm irritierte ihn. Ursprünglich waren eine Bläserformation aus dem Schwarzwald und die »Grüntaler Jagdhornbläser« vorgesehen gewesen. Nun entnahm er dem Programmhinweis, dass die »Rallye Trompes de la Foret Noire« und »Les Sonneurs du Val Vert« auftreten würden.

»Eva, kommst du mal bitte?«

Mit einem Wischlappen in der Hand kam Eva Bröckle ins Wohnzimmer.

»Die haben das Programm geändert.«

»Bei was?«

»Beim Bläserkonzert.«

»Wieso denn?« Eva Bröckle, die ihrem Mann den »Grüntalboten« aus der Hand genommen hatte, fing an zu lachen. »Alles wird aufgemotzt, alles kriegt einen neuen Anstrich. Die Welt will betroga sei, au bei ons.«

»Wieso denn?«

»›Les Sonneurs du Val Vert‹. Weißt du auch, was das heißt?«

»Nein. Du weißt doch, dass ich des Französischen nicht mächtig bin.«

Eva lachte ein zweites Mal. »»Les Sonneurs du Val Vert‹, des heißt nichts anderes als ›Die Hornbläser vom Grüntal‹, das sind also unsere ›Grüntaler Jagdhornbläser‹.«

»Und das andere?«

»Na, das sind die Jagdhornbläser aus dem Schwarzwald.«

»Die Welt will ag'schmiert sei.« Bröckle griff mit der linken Hand nach dem der Teil der Zeitung, der während ihrer kurzen Unterhaltung auf den Teppichboden geglitten war.

»Au, aua. Mistscheiß, verreckter, ich kann mich nicht mehr bewegen.« In einer ziemlich unnatürlichen Verrenkung verharrte Bröckle im Sessel. Schweiß trat ihm auf die Stirn.

»Ich hole jetzt einen Arzt. So geht das nicht mehr weiter.« Eva Bröckle eilte in den Flur, wo das Telefon stand.

»Ich gehe nicht mehr zum Arzt. Das sind doch alles Verbrecher.«

Doch Eva Bröckle ließ sich von ihrem Entschluss nicht mehr abbringen. Sie hatte bereits die Nummer des Landarztes Dr. Kipp gewählt, der im Nachbarort Tannenberg praktizierte.

»Ich muss doch in der Mordsache aktiv werden. Der Jonas braucht doch meine Unterstützung.«

»Du bist seit über zwanzig Jahren nicht mehr bei der Polizei, du musst überhaupt nichts. Und außerdem kannst du in dem Zustand nicht einmal eine Socke allein anziehen.«

Stöhnend ließ sich Gotthilf Bröckle in den Sessel zurückfallen. Mit geschlossenen Augen ergab er sich seinem Schicksal. Als es an der Haustür klingelte, versuchte er es mit einer anderen Technik. Ohne den Oberkörper zu krümmen, wuchtete er sich schwungvoll aus den Tiefen seines Lieblingssessels. Und dann verharrte er in halb gebückter Haltung. Ein stechender Schmerz lähmte ihn bis zur völligen Regungslosigkeit. Der Kreislauf rebellierte. Bröckle war der Ohnmacht nahe.

So traf ihn wenige Sekunden später der Tannenberger Arzt Dr. Kipp an, der ihn mit einem fröhlichen »Na, wo fehlt's denn« begrüßte.

*

»Dass Mönchengladbach nun näher an die Relegation gerutscht ist, überrascht so recht niemanden. Der Niederrhein ist jetzt fußballerisch und politisch da anzusiedeln, wo er geographisch ohnehin ist. Am Rande der Gesellschaft nämlich, was zwar nicht so aufregend ist, weil schon lange bekannt, was aber schon bemerkenswert ist, denn mit Mönchengladbach verschwindet auch die Bonner Republik.« (Martin Krauß)

Es klingelte. Rosi Jonas, die soeben einen Waldlauf beendet hatte und nun im Begriff war, unter die Dusche zu gehen, zog sich ungehalten die Trainingsjacke über den bereits nackten Oberkörper und ging runter zur Haustür. Obwohl das alte Bauernhaus prächtig modernisiert worden war, hatte es noch immer keinen elektrischen Türöffner, eine der vielen Kleinigkeiten, die in langen Jahren der Altbausanierung vergessen wurden oder unerledigt geblieben waren.

Draußen stand ein Mann mit Hut. Rosi Jonas war irritiert und belustigt. Da war tatsächlich ein Mann mit Pepitahut, in der Mode der sechziger Jahre. Gelegentlich sah man so was bei der Wiederholung alter Edgar Wallace-Filme, in denen Gert Fröbe und der junge Blacky Fuchsberger solchermaßen behütet waren.

»Grüß Gott.«

»Grüß Gott. Ich sollt' Herrn Desiderius Jonas sprechen. Das ist doch Ihr Mann?«

»Ja.«

»Ist er da?«

»Er müsste gleich kommen.« Rosi Jonas versuchte an dem Besucher vorbei in die Ferne zu schauen. »Wir waren beim Joggen, und mein Mann läuft nicht mehr so schnell.« Ein leises Lächeln glitt der Mittvierzigerin übers Gesicht.

»Kann ich so lange warten?«

»Um was geht's denn?« Rosi Jonas blickte den Mann forschend an. Er kam ihr bekannt vor.

»Munz ist meine Name. Munz, von der Häller Kripo. Wir haben uns hier schon mal gesehen. In der Mordsache Moreno.«

»Ah ja.« Mit einem unsicheren Ausdruck des Erinnerns wollte Rosi Jonas den Ermittler eben ins Haus bitten, als ein lauter werdendes Keuchen das Eintreffen ihres Mannes ankündigte. Schwitzend, mit hochrotem Kopf spurtete er in nur mäßigem Tempo auf den Hof und beugte sich mit auf die Knie gestemmten Händen weit nach vorne. Dies geschah wenige Schritte von der Haustür entfernt. Offensichtlich hatte er den Besucher im Dämmerlicht des frühen Abends noch nicht gesehen.

»Herr Jonas?«

Jonas richtete sich auf. Er atmete noch immer schwer.

»Ja? Ach, Sie sind's, Munz. Was gibt's denn schon wieder?«

»Herr Jonas, ich muss nochmal mit Ihnen sprechen.«

Jonas blickte über den Hof und dann über die in der Nachbarschaft stehenden Gebäude. »Gehen wir nach oben, Herr Munz.«

Jonas bat den wenig gern gesehenen Gast in die Wohnstube. Seine Frau reichte ihm ein Handtuch und fragte den Hauptkommissar: »Darf's ein Tee sein?«

»Das wäre nett. Danke schön.«

»Munz, was gibt's denn schon wieder? Ich werde Sie wohl nie mehr los.«

Der Polizeibeamte schwieg einen Moment, ehe er erwiderte: »Nein ... nein, Sie werden mich nicht los.« Und während er sich aufrichtete, fuhr er mit fester Stimme und zugleich lauter fort: »Waren Sie vor kurzem in Cottbus?«

Jonas blickte verblüfft auf seine Frau, die soeben Tee und Gebäck in die Stube brachte. »War ich in Cottbus? Na klar! Ja, ich war in Cottbus. Und?«

Rosi Jonas sah ihren Mann schnippisch an. »Der ist doch überall, Herr Kommissar. Mit seinem blöden Fußball. Man könnte fast meinen, du hast irgendwo 'ne andere Frau.«

»Also gell!«

»Schon gut, ich gehe duschen.« Rosi schenkte Tee ein, dann verschwand sie ins Bad.

Munz führte die Tasse zum Mund, blies sanft in das heiße Getränk und nahm einen kleinen Schluck. Zufrieden stellte er die Tasse wieder ab, eher er unbeirrt fortfuhr: »Sie waren im Stadion?«

»Ja, klar. Ich hab' einen Kollegen getroffen, und mit dem bin ich zum Spiel Cottbus gegen St. Pauli.«

»Wie heißt dieser Kollege?«

»Walter Herre. Professor Doktor Walter Herre. Ich kann Ihnen die Adresse geben. Aber ich verstehe immer noch nicht, um was es eigentlich geht.«

Munz taxierte sein Gegenüber. »Wirklich nicht?«

»Nee, keinen Schimmer.«

»Herr Jonas, Sie waren zweimal in Fußballstadien, in denen Bekannte von Ihnen zu Tode gekommen sind. Vermutlich war es in beiden Fällen Mord. Außerdem haben Sie angeblich den Jungen vor dem Munzlinger Stadion gefunden.«

»Wieso denn? Ich war im Karlsruher Stadion, als Wanner starb, aber ich war doch nicht in seiner Nähe. Und den Jungen, den habe ich wiederzubeleben versucht. Und außerdem habe ich veranlasst, dass die Polizei geholt wird. Also, was soll das? Und wer ist der dritte Tote?«

»Es ist eine Sie. Katharina Jungpaulus.«

»Kathi! Großer Gott!«

»Sie wissen das nicht? Merkwürdig. Die war beim Spiel in Cottbus.«

Jonas war merklich zusammengesunken. Er wischte sich mit dem Handtuch, das noch immer um seinen Hals hing, übers Gesicht. »Mein Gott, Kathi. Was ist mit ihr?«

»Man fand ihre Leiche nach dem Spiel. Auf den Stehplatzrängen.«

»Ja, sie geht öfters zu Spielen von St. Pauli. Wie ich auch. Was ist passiert?«

»Das wissen wir noch nicht genau. Aber wir werden das klären. Die Karlsruher Gerichtsmedizin hat einen vorläufigen Befund über den Tod von Wanner. Demnach ist ihm Gift zugeführt worden. Wie das geschehen konnte, wird noch untersucht.«

»Gift im Stadion? Merkwürdig. Aber damit hab' ich doch nichts zu tun.«

Munz beugte sich mit einer raschen Bewegung nach vorne und kam so ganz nahe an Jonas heran. »Herr Jonas, sind Sie so naiv, oder tun Sie nur so? Sonst sind Sie doch immer ein ganz Schlauer. Sie waren möglicherweise zweimal am Tatort eines Mordes. Und zwei der Opfer haben Sie gut gekannt. Und beide Tatorte waren so weit auseinander, dass die ganze Sache für Sie schon deshalb nicht gut steht, weil Sie zweimal zur Mordzeit da waren. Und im dritten Fall waren sie zur selben Zeit da, auch wenn es sein kann, dass Sie das Opfer nicht gekannt haben. Sie sind verdächtig, Mann.« Munz war aufgestanden und stellte sich hinter den Sessel von Jonas. Dieser stierte wortlos geradeaus.

»Na?« In diesem Augenblick kam Rosi Jonas in die Stube zurück.

Munz musterte sie wohlwollend. Frisch geduscht, in Jeans und einem engen roten Pullover, bot sie auch dem Kripomann einen erfreulichen Anblick.

»Um was geht's denn?«

»Den schönsten Boten, Unglücksbotschaft häßlicht ihn.«

»Ist das von Ihnen?«

»Nein Goethe. Faust zwei, dritter Aufzug, innerer Burghof.«

»Sie sind ja ein ganz Gebildeter, kriminologisch und literarisch gebildet. Respekt, Herr Kommissar.«

Munz schnippte lachend mit den Fingern.

Jonas betrachtete wie geistesabwesend seine Frau, die sich mit allen zehn gespreizten Fingern durch das gefönte glänzende Haar fuhr. »Rosi, der Herr behauptet, ich sei ein Mörder.«

»Ach so. Aber Spaß beiseite, was ist los?«

Munz mischte sich ein. »Frau Jonas, Ihr Mann war dreimal am Tatort, als einmal hier, dann in Karlsruhe und schließlich in Cottbus auf bislang noch nicht völlig geklärte Weise ein Mensch zu Tode kam. Zumindest in den beiden ersten Fällen war es eindeutig Fremdeinwirkung. Mit einer Stahlsaite erdrosselt. Und im zweiten Fall Gift. Ein raffiniert wirkendes Gift, vor wenigen Jahren noch gar nicht nachweisbar. Ob Ihr Mann damit zu tun hat, wissen wir nicht. Aber die gegebene Konstellation interessiert uns.«

»Wird er jetzt verhaftet?«

»Das nicht. Aber ich möchte Sie jetzt mitnehmen.« Er hatte sich wieder an Jonas gewandt. »Wir brauchen Ihre Aussage, und wir wollen das im Präsidium protokollieren. Vielleicht«, fügte er versöhnlich hinzu, »haben Sie auch Zeugen, die Sie entlasten.«

»Na klar«, brauste Jonas auf, »in Karlsruhe war ich mit meinem älteren Sohn, und in Cottbus war ich ständig mit Herre zusammen.«

»Ständig nicht, Herr Jonas. Unsere Cottbusser Kollegen haben bereits mit Herre gesprochen. Sie haben ihn längere Zeit alleingelassen.«

»Ihr Bullen habt mich schon ganz schön auf dem Kieker. Sie befragen ohne mein Wissen irgendwelche Leute. Und überhaupt, wieso fragen Sie mich nach Zeugen, wenn Sie meinen Begleiter bereits ausfindig gemacht haben?«

»Das ist unser Job, Herr Jonas. Und das mit den ›Bullen‹ habe ich ganz einfach überhört.« Munz legte dem Erregten sanft die Hand auf die Schulter. »Lassen Sie uns gehen.«

*

»In die Kritik des Fußballs geht manchmal eine geradezu puritanische Körpermoral ein. Fußball spielt sich weiterhin unterhalb der Gürtellinie ab (allerdings ganz unten). Was dabei übersehen wird, ist die Tatsache, dass der weite Weg vom Kopf – den selbst der Fußballspieler nicht nur zum Köpfen benutzt, sondern zum Denken und zum Dirigieren seiner Bewegung – zum Fuß von vorneherein eine Schwierigkeit einbaut, die erst einmal überwunden werden muss.« (Hermann Bausinger)

Des war knapp, war Bröckles erster Gedanke, als er nach einer komplizierten Bandscheibenoperation aus dem Aufwachraum wieder auf die chirurgische Station des kleinen Kreiskrankenhauses geschoben wurde. Nach der Einweisung durch den vermaledeiten Landarzt Doktor Kipp, den Bröckle seit seiner Aufnahme im Munzlinger Krankenhaus beinahe stündlich verfluchte, war alles sehr schnell gegangen. Ein Oberarzt namens Hyronymus Huber hatte ihm nach nochmaliger Untersuchung eröffnet, dass man eine operative Entfernung des Nucleus pulposus mit anschließender Wirbelkörperfunktion vorhabe.

Was das denn sei, hatte Bröckle nachgefragt, worauf ihn der Arzt angesehen hatte wie einen Idioten, ehe er ihm erklärte, man entferne die verschobene und weitgehend zerfaserte Bandscheibe und füge dann einen Knochenspan ein, um das komprimierte – er verbesserte: »das zusammengedrückte« – Nervengewebe, also das Rückenmark und die Nervenwurzeln, zu entlasten.

Und er fügte hinzu: »Ich selbst werde Sie operieren.«

Wie so viele Krankenhauspatienten gab Bröckle klein bei und fügte sich dem vermeintlich Unausweichlichen. Erst als man ihn in den OP-Saal schob, kam ihm mit großem Schrecken in den Sinn, dass dieser Doktor Huber kein anderer war als der Gegenspieler des geschassten, einstmals sehr geschätzten Chefarztes Doktor Raspe.

Dieser Dilettant wird mich zum Krüppel schinden, dachte Bröckle und unternahm einen schwachen Versuch, die angesetzte Operation zu verhindern. Doch das OP-Personal reagierte nicht mehr auf seine abwehrenden Handbewegungen. Das Anästhetikum begann bereits seine Wirkung zu entfalten.

Zu seiner großen Verwunderung fand sich Bröckle im Wachraum keineswegs querschnittsgelähmt vor. Nach dem Abklingen der Anästhesie hatte er zwar höllische Schmerzen. Aber er spürte auch alle Glieder. Und als er das Funktionieren der Füße und selbst der Zehen überprüft hatte, ließ er mit einem entspannten Seufzer den Kopf auf das flache Kissen seines Krankenhausbettes fallen.

Er war noch nicht lange in seinem Stationszimmer, als ihn seine Frau besuchte. Eva Bröckle hatte sich vorgenommen, sich keinerlei Vorwürfe zu der von ihr ausgelösten konzertierten Aktion gefallen zu lassen, die sie mit Doktor Kipp inszeniert hatte. Aber der alte Bröckle war sensibel genug, um nach der bislang leidlich überstandenen Operation diesen Punkt auszusparen.

Mit einem ironisch unterlegten »Na, lebst du noch?« begrüßte ihn seine Frau, als sie mit zwei großen Taschen bepackt in das helle Dreibettzimmer trat.

»Ein bisschen.«

»Und?«

»Na ja, ich leb' halt noch.«

»'s wird bald besser, sagt der Arzt.«

»Hast du mit ihm gesprochen?«

»Was glaubst denn du? Meinst du, ich besuche dich, bevor ich mich über deinen Zustand informiert habe?«

»Warsch scho immer a schlau's Weib.« Bröckle lachte.

»Ich hab' dir ein paar Sachen mitgebracht.« Eva Bröckle begann damit, die beiden Taschen zu leeren. Zuerst legte sie einen kleinen Stapel der letzten Ausgaben des »Munzlinger Anzeigers« auf Bröckles Bettdecke. Während sie Unterwäsche, Toilettenartikel, Handtücher und eine kleine Kurzhantel, die Bröckle für leichtes Krafttraining bei ihr angefordert hatte, im Schrank verstaute, blätterte dieser die letzten Ausgaben seiner Heimatzeitung durch. Ein Beitrag auf der Kreisseite versetze ihm einen Stich:

»Tatkräftig und zuverlässig: Bundesverdienstkreuz für den Häller Politiker Dr. Felix Bröckle

Der Häller Kommunal- und Landespolitiker Dr. Felix Bröckle hat gestern aus der Hand des Landrates Horst Wirsching das vom Bundespräsidenten verliehene Bundesverdienstkreuz am Bande entgegengenommen. Das politische Wirken von Dr. Felix Bröckle auf Stadt-, Kreis- und Landesebene zeichnet sich durch Sachkompetenz, Tatkraft, Verantwortungsbewußtsein, Ideenreichtum und Durchsetzungsvermögen aus. Daneben war Dr. Bröckles Leben gekennzeichnet von einer beruflichen Erfolgsstory und tätigem Einsatz in zahlreichen Vereinen und Verbänden. Das hohe Ansehen, das Dr. Bröckle auf allen Ebenen genießt, kommt in der Verleihung dieser Auszeichnung sichtbar zum Ausdruck.«

Das tat weh. Für einen Augenblick überlagerte sein Seelenschmerz sogar das Pochen der Operationswunde. Denn über eine »Affäre« des mit ihm weder verwandten noch verschwägerten Dr. Felix Bröckle war er vor vielen Jahren aus dem Polizeidienst ausgeschieden, nachdem seine

Vorgesetzten verhindert hatten, dass er weiterhin in einem Parteispendenskandal ermittelte, in den Dr. Felix Bröckle verwickelt war.

»Hast du das gelesen?« fragte er Eva.

»Was?«

»Na, das hier.« Bröckle gab ihr die Zeitung.

»Mach dir nichts draus.«

»Der hätte vor ein Gericht gehört.«

»Es ist aber anders gelaufen.« Und mit milder Schärfe in der Stimme fuhr Eva Bröckle fort: »Du musst jetzt erst mal wieder auf die Füße kommen, kümmer dich nicht um die Politik.«

»Hast ja Recht.« Bröckle nahm die Hand seiner Frau und hielt sie einen Moment. »Es ist schon lange vorbei. Ich muss mich aufs Wesentliche konzentrieren. Scheißa ond's Fiedle auf oimal putza, des geht net.«

»Na, wenn's nach der Derbheit geht, dann bist du auf dem besten Weg zur Gesundung. Du, ich muss jetzt gehen.« Eva Bröckle küsste ihren Mann, packte noch einige gebrauchte Wäschestücke in eine der beiden leeren Taschen und hatte sich gerade endgültig verabschiedet, als die Tür aufging. Etwas atemlos betrat Desiderius Jonas das Krankenzimmer.

»Ach, du hast schon Besuch.«

»Nein, komm nur rein, ich wollte gerade gehen. Also«, Eva Bröckle wandte sich nochmals an ihren Mann, »mach's gut. Und werd' gesund.«

»Freilich. G'sond werra isch mir lieber als an bachener Furz auf der Gabel.«

Jonas verabschiedete sich von Eva Bröckle mit stummem Gruß. Dann stellte er zwei Tüten auf den überfüllten Nachttisch. Während er auspackte, musterte er den Kranken, der sich erschöpft wieder zurück in die Kissen gelegt hatte.

»Na, Alter, geht's aufwärts?«

»Verhalten. Ganz nuff wille ja no net.«

»So hab' ich's auch nicht gemeint. Versteck das hier mal vor der Schwester.« Jonas reichte Bröckle ein kleines Päckchen, in dem unschwer eine Flasche zu ertasten war. »Und«, fuhr er fort, »die Unterlagen hier habe ich dir auch mitgebracht.«

Bröckle, der noch mit listigem Lächeln den als Bauern-schnaps identifizierten Inhalt des Päckchens betastete, um es dann in den Tiefen seines Nachttisches verschwinden zu lassen, wobei er sich langsam und vorsichtig bewegte, fragte zurück: »Welche Unterlagen?«

»Na, die Sachen über den« – Jonas senkte die Stimme – »Skandal um die Entlassung von Dr. Raspe.« Jonas reichte seinem alten Freund einen in einer Plastiktüte verpackten Schnellhefter, der fingerdick mit Fotokopien gefüllt war.

»Sein zwischenzeitlicher Vertreter hat mich operiert.«

»Der Huber? Der kann das doch gar nicht.«

»Bei mir hat's funktioniert.«

»Abwarten. Aber deswegen bin ich eigentlich heute gar nicht hier. Gotthilf, ich habe ein Riesenproblem.«

»I hab's mir schon gedacht.«

»Stell' dir vor, die verdächtigen mich zweier Morde. Vielleicht sind's sogar drei.«

»Na, das ist doch wohl ein bisschen übertrieben.«

»Der Munz war schon zweimal bei mir.«

»Du warst ja auch dreimal am Tatort.«

»Jetzt fängst du auch noch an.«

»Sider, flipp' jetzt nicht aus. Aber ein bisschen aufpassen musst du schon.« Und leiser fuhr er fort: »Sobald ich wieder laufen kann, guck' ich mich hier ein bisschen um. Immerhin waren zwei der Opfer vor ihrem Tod hier im Haus beschäftigt. Und außerdem sind beide auf eine Weise umgekommen, die vermuten lässt, dass der Mörder toxiko-logische Kenntnisse hatte.«

»Wieso denn das?«

»Man hat in beiden Körpern ein kleines zylindrisches

Gebilde gefunden, das möglicherweise ein bestimmtes Gift transportiert hat.«

»Wer sagt das?«

»Munz.«

»Und wieso sagt er dir das?«

»Ich gehör' halt zum Freundeskreis.« Bröckle lachte verschmitzt.

»Und weiß man, wie das Gift zugeführt wurde?«

»Nicht genau. Möglicherweise mit Luftdruck. Oder mit einer Gaspistole. Man weiß auch noch nicht, was für ein Gift es war.«

»Aber so was bringt man doch nicht durch die Stadionkontrollen.«

»Wer weiß. Vielleicht hatte der Mörder eine gute Tarnung.«

Jonas, der seit geraumer Zeit der letzte Besucher in dem Krankenzimmer war, blickte auf die Uhr. »Ich muss los. Komm' bald wieder auf die Füße.«

»I'll do my very best.«

»Also, bis demnächst.«

»Keine unklugen Aktionen, Sider.«

*

»Wer mit Bällen wirft, lässt Steine liegen.« (Winfried Wendt, vormaliger Magdeburger Polizeipräsident)

Jonas blieb ein Wochenende in Leipzig. Er wollte einmal durchatmen, weg sein von den ständigen Verdächtigungen, Tuscheleien, heimlichen Blicken. Von hier aus unternahm er einen Trip nach Magdeburg, um das Spitzenspiel der NOFV-Regionalliga zwischen dem 1. FC Magdeburg und dem Chemnitzer FC zu besuchen. In dieser Klasse wurden die Sonntagsspiele bereits um vierzehn Uhr angepfiffen, weshalb er in Leipzig sofort nach dem spät eingenommenen Frühstück aufbrach.

Magdeburg machte auf Jonas einen trostlosen Eindruck. Als er den überwiegend neu renovierten Bahnhof verließ, war der Himmel verhangen. Die Stimmung in der Stadt war, wenn die Medien Recht hatten, im Augenblick ziemlich explosiv. Vor einiger Zeit hatte ein verwahrloster siebzehnjähriger Bub, der der rechten Szene zugeordnet wurde, einen anderen Siebzehnjährigen umgebracht, der in der Zeitungs- und Fernsehberichterstattung als Angehöriger der Punkszene charakterisiert wurde. Als Jonas den Bahnhof verließ, fiel sein Blick auf ein neu erbautes Kinocenter, das klobig die neue Platzgestaltung bestimmte. Eine Handvoll Punks lümmelten frierend vor dem Bahnhof. Einige tranken Büchsenbier. Andere verteilten Flugblätter. »Rache für Frank« las Jonas auf dem knallroten Papier, welches ihm ein halbtrunkener Junge mit ebenfalls knallrotem Irokesenschnitt in die Hand gedrückt hatte. »Kein Fußbreit den Faschisten.«

Was für Verhältnisse, dachte Jonas. Da wird ein armer Bub von einem verhaltensgestörten Gleichaltrigen umgebracht, und niemand in dieser Stadt unternimmt etwas dagegen, dass die jungen Verlierer der Einheit in so eine Polarisierung hineingejagt werden. Er bestieg eine alte Straßenbahn, die in Richtung Ernst-Grube-Stadion fuhr. Hier ist man schon heftig weit im Osten, dachte er, als er das Fahrziel der Straßenbahn an der Stirnseite des Triebwagens lesen konnte. »Cracau« stand da. Setzen konnte er sich im Inneren nicht. Irgendjemand hatte Hundescheiße, die ihm wohl an den Schuhen geklebt hatte, an den Sitzschalen abgestreift. Die alte Kampfbahn im Magdeburger Stadtteil Cracau erinnerte ihn an das schon beinahe museale Augsburger Rosenau-Stadion, in welchem er in den frühen siebziger Jahren die Spiele des sich auf dem Höhenflug befindlichen FC Augsburg verfolgt hatte. Die Stehplatzränge waren zum Teil sanierungsbedürftig. Den Kassenhäuschen fehlte ein frischer Anstrich. Für ein Topspiel fand die Partie zwischen dem Magdeburger Renommierverein und dem Zweitligaabsteiger aus Chemnitz nur mäßigen Zuspruch. Jonas schätzte, nachdem er das Stadionrund betreten hatte, dass weniger als zweitausend Zuschauer das Drittligaspiel verfolgten. Magdeburg musste wieder nach oben. Das war wichtig für die Region. Aus Sachsen-Anhalt kickte kein Verein im bezahlten Fußball, und selbst in der Regionalliga spielte außer Magdeburg nur noch Lokomotive Stendal, ein Verein, der bei diesem Unterfangen finanziell und infrastrukturell immer nahe am Abgrund stand. Das Spiel war attraktiv, obwohl es mehr ein Festival der vergebenen Torchancen war.

Die Magdeburger hängten sich rein, gingen mit 2:1 in Führung und brachten dieses Ergebnis über die Zeit.

Gegen Ende der Partie blickte Jonas immer wieder auf die Uhr. Er hatte es eilig wegzukommen. Da das Spiel bereits kurz vor vier Uhr beendet war, hatte er sich mit seinem Magdeburger Kollegen Diethelm Dietz verabredet, welcher nicht verwandt und nicht verschwägert war mit Bernhard Dietz, dem früheren Duisburger Nationalspieler. Sein Kollege lebte in einem Dorf in der Nähe von Magdeburg. Um nicht mit dem Bus nach Niederndodeleben, nördlich von Hohendodeleben gelegen, fahren zu müssen, wollte Jonas sich mit seinem alten Spezi Dietz in einer Magdeburger Kneipe treffen.

Ist wie überall, ging es ihm durch den Kopf, als er vor seiner Anreise die Straßenkarte von Sachsen-Anhalt studiert hatte. Hier sind es Niederndodeleben und Hohendodeleben, bei uns sind es Niederngrün und Hohengrün oder Vorderwestermurr und Hinterwestermurr. Jonas hatte den Bezirk Stadtfeld erreicht. Dort verließ er an der Arndtstraße die Straßenbahn und stapfte zu Fuß von der Haltestelle in Richtung »Layla«, einem einschlägigen Szenelokal.

Magdeburg konkurrierte offensichtlich mit Berlin um

den Titel »Hauptstadt in Sachen Hundescheiße«. Während Jonas mit zu Boden gesenktem Blick im Stil eines Slalomläufers die frischen und die bereits zermanschten Haufen umkurvte, dachte er grimmig: Immerhin, so bleibst du beweglich. Und die Reflexe werden trainiert.

Dietz wartete schon im »Layla«. Er trug das schütter gewordene lange Haar zu einem Zopf gebunden und machte sich soeben über ein Fleischgericht her.

»Was isst du denn da?« begrüßte Jonas den Magdeburger Freund, »Hundefleisch?« Er sagte es so leise, dass niemand in dem halbgefüllten Lokal aufmerksam wurde. »Magdeburg hat doch hoffentlich einen Hundeschlachthof.«

Dietz sah ihn gleichermaßen freudig wie irritiert über seine randlose Brille an, die er auf die Nasenspitze geschoben trug.

»Gemessen an der Hundescheiße in diesem Viertel muss hier doch ein Hundemastbetrieb existieren.«

»Ach so«, lachte Dietz, »das sind die Hunde der Punks aus Stadtfeld. Aber trotz der Hunde ist es hier um vieles gemütlicher als zum Beispiel in den Plattensilos in Neu-Olvenstedt.«

»Wurde da nicht der Punk ermordet?«

Dietz wurde ernst. »Wieder so 'ne tragische Geschichte. Und nun jagt ein Betroffenheit bekundender Arbeitskreis den nächsten. Und die versprechen neue Modelle und Investitionen, um soziales Leben in den Stadtteilen zu ermöglichen. Da wird's auch manchmal komisch. Lies mal.«

Er schob Jonas einen aus der »Magdeburger Volksstimme« ausgeschnittenen Artikel hin, den er fein säuberlich in eine Schutzhülle gesteckt hatte. »Polte: Neu-Olvenstedt hat sich verändert, nur sieht es keiner«, lautete die Überschrift eines längeren Beitrags.

»Ist ja lustig. Aber wer ist Polte?«

»Polte ist der Oberbürgermeister.«

»Wenigstens haben eure Magdeburger heute das Spitzenspiel gewonnen.«

»Welches Spitzenspiel?«

»Ignorant. Der Dritte gegen den Ersten. 1. FC Magdeburg gegen den Chemnitzer FC: 2:1.«

»Ach so. Du weißt doch, dass es für mich tausend schönere Dinge gibt als Fußball. Was sag' ich, hunderttausend.«

»Ein trostloses Leben führst du.« Jonas bestellte für beide noch einen halben Liter offenen Weißwein.

*

»Eine Krise gibt es vielleicht mal in Kuba und gibt es vielleicht, wenn in Russland Herr Jelzin stirbt. Aber nicht, wenn der FC Bayern zwei Spiele verliert.« (Uli Hoeneß nach dem 0:2 gegen Arminia Bielefeld)

Unmerklich aber stetig besserte sich Gotthilf Bröckles Gesundheitszustand. Die Schmerzen ließen nach, und die Beweglichkeit nahm zu. Bröckle konnte, wenn auch noch unter großen Mühen und Schmerzen, bereits wieder aufstehen und praktizierte, wann immer er konnte, verschiedene gymnastische Übungen, die ihm im Augenblick möglich waren, also hauptsächlich solche, die Hand-, Brust- und Armmuskulatur stärkten. Er war froh darüber, dass er im Unterschied zu vielen anderen, die an der Bandscheibe operiert waren, nicht noch einige Zeit im Rollstuhl zubringen musste.

Der Alte schob eine Kassette, die ihm Jonas mit einem geheimnisvollen Lächeln mitgebracht hatte, in den kleinen Recorder, der sonst bei ihm in der Werkstatt stand, und nahm endlich den Ordner heraus, welcher seit einigen Tagen unbesehen in seinem Nachttisch lag. Als die ersten Töne erklungen waren, schmunzelte er.

»Tor in Nürnberg durch Muster. Muster nach einem Traumpass von Golke. Es ist nicht zu fassen! Nach sieben

Stunden schießt der Club wieder ein Tor. Eins zu eins.«

Jonas hatte ihm die CD »Wir rufen Günther Koch« auf Band überspielt, eine Auswahl der besten Life-Reportagen aus Kochs zwanzigjähriger Sportreportertätigkeit für den Bayerischen Rundfunk. Und weiter schmetterte die »Stimme des deutschen Fußballs«: »Dowe. Schön in die Mitte gespielt zu Nowak. Schieß doch endlich! Schuss. Tor. Tor für Sechzig. Es wurde aber auch höchste Zeit, mein lieber Freund! Linke Täuschung. Rechte Täuschung. Linke Täuschung. Tor. Und dann, Sie haben es gehört, das eins zu null für die Sechziger. Aber es wurde auch Zeit ...«

Bröckle drückte mit Rücksicht auf die beiden anderen Patienten, die mit ihm im Zimmer waren, auf die Stopp-Taste. Zumal er sich in den frühen Nachtstunden in Ruhe mit den Materialien befassen wollte, die sein Freund für ihn zusammengestellt hatte. Den Fußballhymnendichter Koch sparte er sich für die Nacht auf, wenn er wieder einmal nicht einschlafen konnte, weil er auf das übliche Krankenhausritual verzichtete: Wer nach der Nachschwester klingelte, erhielt, je nach Intensität des vorgetragenen Gejammers, entweder eine Schmerz- oder eine Schlaftablette. Bröckle hatte sich von seiner Tochter einen Walkman bringen lassen. »Wir rufen Günter Koch« würde ihn in den Schlaf wiegen. Er blätterte in dem schmalen Ordner.

»Anzeige gegen den Munzlinger Chefarzt Raspe

Es geht zwischenzeitlich nicht mehr nur um die Menschenführung des Chefarztes der unfallchirurgischen Abteilung des Munzlinger Krankenhauses, Dr. Jörg Raspe. Jetzt wurde von mehreren Kollegen Anzeige gegen Raspe erstattet: wegen fahrlässiger Körperverletzung und Urkundenfälschung. Es geht dabei um eine Patientin, der Dr. Raspe eine Knieprothese einsetzte. Raspe habe die Gelegenheit benutzt, am alten Knie, quasi zu Übungszwecken, mit einem Laser-Operationsgerät zu ›trainieren‹. Bei der

Risikopatientin habe sich prompt eine Thrombose einge-
stellt, was dem Chefarzt von Kollegen als fahrlässige Kör-
perverletzung ausgelegt wird. Und weil der Chefarzt die
Arbeit mit dem Lasergerät nicht in der vorgeschriebenen
OP-Dokumentation erwähnt habe, komme der Vorwurf der
Urkundenfälschung hinzu.«

»Dr. Raspe weist Vorwürfe zurück

Die Operation einer Patientin mit Hilfe eines Laserge-
rätes habe für diese keine medizinischen Folgen gehabt,
äußerte der Munzlinger Chefarzt im Gespräch mit der Presse. Das Landratsamt hat den Chefarzt zuvor ausdrücklich
von einem zuvor ausgesprochenen Verbot entbunden, Gespräche mit der Presse zu führen. Raspe betrachtet die
Anzeige der Kollegen als Teil einer Kampagne, bei der es
unfähigen Kollegen nur darum gehe, ihn madig zu machen.
Eine besondere Verantwortung wies Raspe seinem Stell-
vertreter, Oberarzt Dr. Hyronymus Huber zu, den er als
Drahtzieher in der gegen ihn geführten Schlammschlacht
bezeichnete.«

»Anzeige umfasst auch fahrlässige Tötung

In der Anzeige gegen den Munzlinger Chefarzt Dr. Raspe
ist nicht nur von fahrlässiger Körperverletzung die Rede.
Presse-Staatsanwalt Hestler bestätigte gestern auch den
Vorwurf der fahrlässigen Tötung. Vor einem Jahr habe
Raspe einen Patienten operiert, dessen Wirbelsäule von
einem bösartigen Tumor befallen war. Der Patient war einige Wochen nach der Operation verstorben. Der Vorgang
ist in der Anzeige gegen Raspe aufgeführt, da eine medizinische Notwendigkeit für den Eingriff nicht bestanden
habe. Was Raspe selbst zurückweist. Der Patient sei an
dem Tumor gestorben und nicht an der Operation.«

Die knappe Sammlung, die Jonas über den »Fall Dr. Raspe« zusammengestellt hatte, zeichnete ein erschütterndes Skandalgemälde über den Kampf verschiedener Ärzte gegen einen fachlich kompetenten und in der Bevölkerung äußerst beliebten Kollegen, dessen Rückhalt im Kreistag und im zuständigen Ausschuss immer weiter abgeschmolzen war, zumal die Presse, angeführt von dem Wadenbeißer Olaf-Peter Ackermann von der »Stauffer-Zeitung«, sich auf die Seite von Raspes Gegnern geschlagen hatte. Bröckle las nur noch die Überschriften der nachfolgenden Beiträge:

»Munzlinger Ärztekrieg ohne Ende«

»In der Unfallchirurgie: Es gibt nichts mehr zu kitten«

»Da müssen jetzt Köpfe rollen«

»Ausschuss plädiert für Versetzung Hubers an ein anderes Kreishospital«

»Heckenschützen sollen entlarvt werden«

»Solidaritätsadresse der Kollegen für Oberarzt Dr. Huber«

»Die ÖTV fordert Ablösung von Chefarzt Raspe«

»Bürgerinitiative ›Pro Raspe‹ ins Leben gerufen«

»Kündigung für Raspe – Huber führt Unfallchirurgie kommissarisch weiter«

Bröckle seufzte. Hier lag er als Patient in einem Wespennest. Er dachte an Dr. Huber, der ihn operiert hatte. Dieser war nicht nur als Dilettant verschrien, sondern möglicherweise tief in den Skandal verstrickt. Ob so einer noch mit voller Konzentration an Patienten hantierte? War der Arzt ein Risiko für Gesundheit und Leben seiner Patienten? Längst war es dunkel geworden, die Nachtschicht der Pfleger und Schwestern hatte bereits vor einiger Zeit die Tagschicht abgelöst. Ehe der Alte den Schnellhefter schloss, las er den letzten Artikel, dessen Überschrift ihm besonders ins Auge stach:

»Auch Munzlinger Kreisräte stimmten für die Entlassung von Chefarzt Raspe

Die vom Kreistag mehrheitlich beschlossene Entlassung von Chefarzt Dr. Jörg Raspe erfolgte nicht allein mit den Stimmen aus dem Alt-Stauffer-Kreis. In der nichtöffentlichen Sitzung in Schwarzbach am Berg sprachen sich auch zwei Kreisräte aus Munzlingen für die Kündigung aus: der Munzlinger Bürgermeister Oskar Punz sowie SPD-Kreisrat Rudolf Sperling. Währenddessen hat eine Bürgerinitiative ›Pro Dr. Raspe‹ knapp 19 000 Unterschriften gesammelt, was selbst von Landrat Wirsching als beachtliche Leistung anerkannt wurde.«

Diese Meldung hatte mit Sicherheit Unruhe in der Bevölkerung ausgelöst. Denn speziell die Munzlinger standen hinter dem gekündigten Leiter der Unfallchirurgie.

»Früher haben viele Munzlinger einen Zettel in der Brieftasche mit sich geführt: ›Bei Unfall nicht ins Munzlinger Krankenhaus.‹ Seit der Raspe da ist, hat sich das geändert«, hatte ihm mal ein alter Bekannter erzählt.

Und interessant war zudem, wie Inhalte einer nichtöffentlichen Sitzung sogar mit Namensnennung an die Öffentlichkeit gelangen konnten. »Nichts ist öffentlicher als das, was in Gremien nichtöffentlich beraten und beschlossen wird«, hatte Desiderius Jonas einst behauptet. Und für diesen Fall traf das voll und ganz zu. Punz und Sperling hatten mit Sicherheit ein nicht eingeplantes Spießrutenlaufen hinter sich bringen müssen. Die Kommunalpolitik in Munzlingen hatte für ihn als Bewohner einer sehr viel kleineren Nachbargemeinde immer einen hohen Unterhaltungswert.

Bröckle hörte auf die unregelmäßigen Schnarchgeräusche seiner Zimmergenossen. Er blickte auf die fluoreszierenden Ziffern seiner Armbanduhr. Es war halb elf. Die richtige Zeit, um einige Erkundigungen anzustellen. Er griff in seinen Waschbeutel. An der von ihm vermuteten Stelle spürte er ein flaches Kunststoffetui und nahm es heraus. Aus seinem Nachttisch nahm er eine dünne Mini Maglite-Taschenlampe. Das kühle Metall fühlte sich gut an. Leise glitt er aus seinem Bett, schlüpfte in ein Paar weicher Hausschuhe und huschte, ohne Licht zu machen, aus dem Zimmer. Der Rücken schmerzte. Für einen Moment verharrte er schweigend vor der Tür. Das grelle Neonlicht des Krankenhausflures blendete ihn. Niemand war zu sehen. Das Pflegepersonal weilte in einem entfernt liegenden Bereitschaftszimmer. Geräuschlos trippelte er einige Meter den Flur entlang und bog dann im rechten Winkel ab in einen kurzen, neu angebauten Flügel, in dem sich seit dem Abschluss der letzten Sanierung die Arztzimmer befanden. Hier war nur die Notbeleuchtung angeschaltet, was jedoch ausreichte, um die Namensschilder neben den grauen, fensterlosen Türen zu entziffern. Der Name von Dr. Raspe fehlte bereits. So rasch wie möglich wollte man hier offensichtlich dessen Spuren tilgen, obwohl der Streit vermutlich erst in einigen Monaten von einem Arbeitsgericht entschieden werden würde.

Als Gotthilf Bröckle Hubers Zimmer erreicht hatte, blieb er einen Moment vollkommen ruhig stehen. Er hörte nichts außer dem Pochen seines Blutes. Die Schmerzen im Lendenwirbelbereich hatten zugenommen, strahlten auf den gesamten Rücken und die Beine aus. Geräuschlos öffnete er das Etui und entnahm ihm ein Set feinster Dietriche für Zylinderschlösser. »Einbrecherwerkzeug« sagte man im Volksmund dazu. Bröckle hatte es sich vor vielen Jahren zugelegt, als er noch Hauptwachmeister bei der Häller Kripo war. Über die Herkunft dieser Instrumente hatte er mit dem Lieferanten seinerzeit striktes Stillschweigen vereinbart, auch wenn Derartiges inzwischen veraltet war. Heute arbeitete man mit elektronisch gesteuerten Türöffnern.

Bis ein mehrfaches Klicken ihm signalisierte, dass er das richtige Feinwerkzeug erwischt hatte, dauerte es viel länger, als ihm recht war. Er trat rasch in das Zimmer und zog leise die Tür hinter sich zu. Dann verharrte er einen Augenblick, ohne Licht zu machen. Das Fester ging in Richtung eines Hinterhofes. Das Licht einer in größerer Entfernung stehenden einzelnen Straßenlampe erhellte den Raum nur notdürftig. Er schloss die Jalousie und sah sich im gedämpften Licht seiner kleinen Taschenlampe um. Es war ein normales Arztzimmer mit grauer Standardmöblierung. Bröckle öffnete einige Schubladen. Er fand Notizbücher, fertig gestellte und erst angefangene Arztberichte, Medikamentenschachteln. In den Regalen standen einige Fachbücher und Nachschlagewerke. Hinter dem Schreibtisch hing ein Ölgemälde eines unbekannten Malers aus der französischen Partnerstadt Munzlingens. Wie auf einem kleinen Prägeschild auf dem Rahmen zu lesen war, handelte es sich um eine Dauerleihgabe der Stadt an das Krankenhaus.

Bröckle verspürte Unbehagen. Da brachte er sich in eine derart riskante Situation, und dann fand er nichts. Nochmals ließ er den dünnen Lichtstrahl über die Regale und Schubladen streifen.

Als ein kleines, rotes Licht an der Telefonanlage aufblinkte, nahm er ohne weiter nachzudenken den Hörer ab.

»Werner, wo ist denn der diensthabende Arzt?« fragte

eine weibliche Stimme.

Der Angesprochene antwortete: »Weiß ich nicht, vielleicht hat er sich für einen Moment in seinem Zimmer hingelegt.«

»Ich hab' schon versucht, ihn dort telefonisch zu erreichen.«

»Vielleicht hat er's nicht gehört, schau halt mal nach. Klopf an die Tür.«

Bröckle legte schnell den Hörer auf, öffnete leise die Tür, vergewisserte sich, dass ihn niemand sah, und zog die Tür rasch hinter sich zu. Um sie wieder mit seinem Spezialwerkzeug abzuschließen, blieb ihm jetzt keine Zeit, denn jeden Augenblick musste die Schwester den Gang erreichen, in dem die Büros der Ärzte lagen. Er musste in Kauf nehmen, dass es morgen ein wenig Aufsehen erregen würde, wenn Dr. Huber sein Zimmer unverschlossen vorfand. Aber angesichts zweier ermordeter Mitarbeiter und des skandalumwitterten Rauswurfs eines Chefarztes fiel dies auch nicht mehr ins Gewicht. Zumal man zuerst die Reinigungskräfte dafür verantwortlich machen würde. Bröckle hatte sich bereits wieder beruhigt, als eine pummelige Schwester auf ihn zu kam.

»Sie sollten aber im Bett liegen.«

»Ich war auf dem Klo und dachte, ich lauf' noch ein paar Schritte«, entgegnete er verlegen und war unmittelbar darauf wütend über die Feststellung, dass selbst er als gestandener Mann in einer Anstalt wie dieser die unterwürfige Haltung eines Schulbuben einnahm. Erst jetzt fiel ihm auf, was er soeben herausgefunden hatte: Dass es vom Apparat des Dr. Huber aus möglich war, Telefongespräche anderer Mitarbeiter abzuhören.

*

»Das Niveau des ungarischen Fußballs liegt tiefer als der Arsch eines Frosches.« (Lajos Garamvölgyi, Trainer des VSC Debrecen)

Wenn Jonas die Wochenenden in Fuchsenried verbrachte, ging er kaum noch aus dem Haus. Die Provinz, deren enges Beziehungsgeflecht und deren Kleinräumigkeit er sonst so liebte, zeigte ihm nunmehr ihre andere Seite, ihre ruchlose Gnadenlosigkeit. Gespräche verstummten, wenn er die Kneipen betrat, in denen er in Niederngrün, Munzlingen und der nahe gelegenen Kleinstadt Murrhardt seit vielen Jahren verkehrt hatte. Der Weg an den Tresen oder an einen freien Tisch war wie ein Gang an den Pranger. Jonas meinte die Blicke zu spüren, die ihn nie von vorne, sondern nur noch von hinten trafen. Jene, die ihn auch in seinen früheren Gemeinderatstagen nie gemocht hatten, feierten nun ihren inneren Reichsparteitag. Doch das war weniger schlimm als das Mitleid, welches ihm von einigen Gutmenschen – stumm oder gebrochen dahergestammelt – entgegen gebracht wurde. Besonders intensiv hatte er die atmosphärischen Veränderungen auf dem Munzlinger Wochenmarkt verspürt, den er freitags gelegentlich aufsuchte, wenn er bereits in der Nacht zuvor aus Leipzig zurückgekehrt war. Wo er sonst zwischen den Marktständen und Verkaufsbuden fröhlich-unverbindliche Gespräche mit flüchtigen Bekannten geführt hatte, öffnete sich nun auf geheimnisvolle Weise das Gewühl der Marktbesucher, so dass vor ihm eine weite Gasse entstand. Blicke gingen in derselben wahrnehmbaren Gleichförmigkeit zu Boden, mit der sie sich wieder auf ihn richteten, nachdem er die Menge passiert hatte. Vor allem die bürgerlichen Kreise der Stadt wandten sich von ihm ab. In manchen Städten taugt die gute Gesellschaft nichts, dafür ist die schlechte ganz vorzüglich, dachte er, wenn ihn wenigstens noch einige stadtbekannte Junkies und die Prolls aus den ärmeren Vierteln grüßten, für die das Involviertsein in ein Ermittlungsverfahren weit weniger ehrenrührig war als für weite Teile des bürgerlichen Mittelstands.

Gerne hätte er den Verdacht von sich abgestreift wie ein verschwitztes Sporthemd. Doch er klebte an ihm wie Pech oder wie jene seltsamen zähen Pasten, die manche Frauen zur Haarentfernung an Beinen und Armen benutzten.

Aus dem Fenster seines Fuchsenrieder Arbeitszimmers blickte er gedankenverloren in die heraufziehende Dämmerung. Am Horizont konnte er die Reihe großgewachsener Bäume noch gut erkennen, auf die er schon tausend- und abertausend Male geblickt hatte, wenn er seine Augen für einen kurzen Augenblick von einer Schreibarbeit erholen wollte.

Ich muss hier heute raus, dachte er, ich muss unter Leute, sonst werde ich noch verrückt.

Kurz entschlossen packte er Trainingsklamotten und Schläger in seine Sporttasche, rief Rosi, die in der Küche hantierte, einen flüchtigen Gruß zu und fuhr mit dem Wagen nach Niederngrün, wo er zwischen September und April für die zweite Herrenmannschaft des TTC Niederngrün an der Tischtennisplatte stand. Höchst erfolgreich sogar, denn sie waren in der zurückliegenden Spielzeit Meister geworden. Doch wenn der Winter zu Ende ging, schwand sein Interesse an Hallensportarten, und so hatte er die Sportkameraden seit einigen Wochen nicht mehr gesehen.

Seine Befürchtung, dass es auch hier zu peinlichen Begegnungen kommen könnte, wurde rasch zerstreut. Ein Großteil der Aktiven saß in einem verglasten Nebenraum der Sporthalle und machte sich über Speisen und Getränke her, die von verschiedenen Vereinsmitgliedern vorbereitet und mitgebracht worden waren. Nur vier ganz Eifrige spielten an einer Platte ein Doppel. Man grüßte ihn zwar knapp, aber freundlich.

Paul Kläger, ein vitaler fünfundfünfzigjähriger Vorruheständler, der in der Regel für das Kulinarische im Vereinsleben zuständig war, empfing ihn mit den Worten: »Du trainierst ja nur noch, wenn's was zu beißen gibt. Komm, versuch mal meinen Kartoffelsalat.«

Kläger war in mehrfacher Weise berühmt für seinen Kartoffelsalat. Zum einen brachte er ihn mit einer gelungenen Mischung aus Essig, Öl, Fleischbrühe und Gewürzen in die richtige schwäbisch-schlunzige Konsistenz. Zum anderen war er für eine merkwürdige Form der Naturalwirtschaft bekannt. Bei den Anlässen, die das Vereinsjahr zum Feiern bot, wandte er sich immer an Ernst Wischmann, der noch Reste einer vormals familieneigenen Landwirtschaft betrieb: »Bring mir Kartoffeln, dann mache ich euch einen Salat.« Alles lachte, denn Paul Kläger war bekannt dafür, dass er aus Wischmanns Erdäpfeln für die Tischtennisspieler eine wunderbare Schüssel schwäbischen Kartoffelsalat zauberte und dazu noch eine zweite für den eigenen Haushalt.

»Setz dich, wir feiern den Saisonabschluss und die Meisterschaft.« Mit einer einladenden Geste rückte ihm sein Teamkollege Dr. Wolfram Kipp, der im Nachbardorf Tannenberg als Landarzt praktizierte, einen Stuhl zurecht.

»Wieso denn, wir haben die Meisterschaft doch bereits vor sechs Wochen gefeiert?«

»Ist doch egal.«

»Doppelt gefeiert hält besser.«

»Nächstes Jahr gibt's nichts zu feiern, da geht's um den Klassenerhalt, also feiern wir jetzt, solange es noch was zu feiern gibt.«

Jonas war erleichtert. Der Mordverdacht, der auf ihm lastete, schien hier nicht die feindselige Wirkung zu entfalten wie anderswo.

Justus Geiger, der sich als langjähriger Vereinsvorsitzender große Verdienste erworben hatte und noch immer in der zweiten Herrenmannschaft mitspielte, schenkte ihm unaufgefordert ein eben geöffnetes Weizenbier ein. Pjotr Lichtonski, der vor einigen Jahren mit seiner vielköpfigen Familie aus Kasachstan kommend in Niederngrün Heimat und im Verein Anschluss gefunden hatte, polierte ein kleines Gläschen am Ärmel seines Trainingsanzuges und schenkte aus einer grünlich-trüben Flasche, auf der ein handgeschriebenes Etikett klebte, Schnaps ein, den er Desiderius Jonas mit gönnerhafter Geste zuschob.

»Hier, trink, ist selbstgebrannt. Wird dir gut tun.«

»Na, du alter Schwarzbrenner, du kommst bestimmt noch mal in den Knast«, stichelte Wischmann und hielt die fünf gespreizten Finger vors Gesicht, um schwedische Gardinen anzudeuten.

Manfred Mährer, der Spitzenspieler des Vereins, hatte bislang geschwiegen. Mit Blick in Richtung Jonas sagte er: »Sei vorsichtig, davon kann man blind werden.«

Pjotr Lichtonski, der auch an der grünen Platte leicht in Rage zu bringen war, reagierte gereizt. »Mein Schnaps ist das feinste, was es in diesem Bauernkaff zu trinken gibt.« Das stärker als sonst gerollte »r« des Rußlanddeutschen signalisierte seinen gewachsenen Erregungszustand.

»Kommt, trinkt und seid friedlich.« Geiger, der großen Wert auf ein harmonisches Miteinander legte, nahm den gewaltigen Holzlöffel, der aus der Salatschüssel ragte, und schaufelte große Haufen von Klägers Kartoffelsalat auf die leeren Teller. Dazu gab es Buletten – im Schwäbischen waren das Fleischküchle – Bauernbratwürste und frisches Bauernbrot, das die Frau von Ernst Wischmann extra für diesen Anlass gebacken hatte. Die Stimmung wogte mit dem jeweiligen Maß der Trunkenheit immer höher. Jonas, dessen ursprüngliche Absicht das Tischtennisspielen gewesen war, bereute sein Kommen nicht, obwohl er den Schläger von Anfang an in der Sporttasche belassen hatte. Hier schien sich nichts verändert zu haben, seit er sich auf unsägliche Weise an drei entfernt voneinander gelegenen Orten in unmittelbarer Nähe eines Mordes befunden hatte.

Kurz nach elf machten sich die ersten auf den Heimweg.

»Wir müssen morgen wieder raus.«

Pjotr Lichtonskis Kopf war auf die Schulter von Paul Kläger gesunken. Er hatte mehr als die anderen aus seiner grünen Schnapsflasche zu sich genommen. Mit geschlossenen Augen schnarchte er leise, ehe ihn Wischmann unsanft weckte. »Wach' auf, du rußiger Russ' und schlaf deinen Ruß daheim aus.«

Lichtonski glotzte blöde und brummelte Unverständliches. Wolfram Kipp, der bis auf ein Weizenbier keinen Alkohol getrunken hatte, mischte sich energisch ein. Der harmonische Abend sollte nicht noch in trunkenen Streitereien enden. Geiger warf dem Arzt einen dankbaren Blick zu und fragte mit Blick auf Lichtonski: »Wie kommt der denn heute nach Hause?«

Kipp, der bereits aufgestanden war, bot an, den Umweg über Munzlingen zu fahren. Er wandte sich an Desiderius Jonas: »Und wieviel hast du intus?«

»Es geht noch soweit.«

»Besser, du lässt auch dein Auto stehen. In letzter Zeit sind die grünen Freunde verdammt oft unterwegs und verdammt scharf.«

Kläger und Mährer versuchten, Lichtonski aufzurichten. Das Unterfangen, das von den üblichen Ausfälligkeiten eines Betrunkenen begleitet wurde, gelang letztendlich. Dr. Kipp fischte seinen und Lichtonskis Wagenschlüssel vom Nebentisch und dirigierte Kläger und Mährer, die Lichtonski noch immer untergehakt hielten, aus der Halle hinaus in Richtung Parkplatz. Mit vereinten Kräften verfrachteten sie den Betrunkenen auf der Rückbank, während Jonas auf dem Beifahrersitz Platz nahm, nachdem er zuvor seine und Lichtonskis Sporttasche im Kofferraum verstaut hatte.

Dr. Kipp steuerte den kürzesten Weg nach Munzlingen an. Als Landarzt kannte er alle geheimen Verbindungswege im Umkreis von fünfzig Kilometern. Er lenkte seinen Wagen über die Grün, deren Wasser niedrig stand, gab am steilen Anstieg nach der Ebersberger Sägemühle nochmals Gas und zuckelte das schmale Sträßchen hoch zum Flecken Ebersberg.

»Was ist denn da vorne los?«

Eine weißrote Absperrung stoppte die Fahrt. Dr. Kipp fuhr im zweiten Gang langsam so nahe an das Hindernis heran, bis er die mit einem dicken Draht an der Sperrbake angebrachte Tafel lesen konnte, auf welcher stand: »Vorsicht Krötenwanderung. Vollsperrung zwischen 20.00 und 5.00 Uhr, nehmen Sie bitte die Umleitung über Niederngrün.«

»Idioten. Wegen ein paar Fröschen soll man fünfzehn Kilometer Umweg fahren? Das nenne ich wahren Umweltschutz.« Dr. Kipp war im Begriff, sich zu ereifern.

Jonas wollte so spät in der Nacht keine Grundsatzdiskussion mehr führen. »Komm, wir drehen um.«

»Nichts da. Ich fahre da ganz langsam durch. So langsam, dass keiner Hex', keinem Krapp und keinem Lurch ein Leid geschieht.«

»Was hat das denn mit Hexen zu tun?«

»Ist doch klar, wo die Krot und das Gewürm so massenhaft vorkommt, sind doch die Hexen in der Nähe.«

»Wenn du meinst.«

Der Arzt schaltete in den ersten Gang und fuhr langsam an der Absperrung vorbei. Vorsichtig lenkte er um die wenigen Kröten herum, die sich deutlich vom dunklen Asphalt abhoben.

»Wenn man sie anleuchtet, bewegen sie sich sowieso nicht, dann kann man sie gut umfahren. Alles nur eine Frage des guten Willens.«

Dr. Kipp hatte seinen Mercedes-Kombi noch keine fünfzig Meter durch den unbeleuchteten Weiler gelenkt, als vor ihnen die Vorderlichter eines Wagens aufflammten, der in

Gegenrichtung auf einem Hof stand. Die Beifahrertür wurde geöffnet. Das Rotlicht einer Polizeikelle signalisierten ihnen, dass sie in eine Falle geraten waren.

Der Mediziner sagte ganz unakademisch nur: »Scheiße«, ehe er die Scheibe der Fahrertür surrend herunterließ, durch das Heinz Strupp, der Niederngrüner Ortspolizist in das Innere des Wagens linste.

»'n Abend die Herren. Ihnen ist doch klar, dass Sie hier nicht fahren dürfen.«

»Aber Herr Strupp, Sie sehen doch, dass ich einen Krankentransport mache.« Dr. Kipp wies auf den im hinteren Teil des Wagens leise schnarchenden Lichtonski.

»Tut mir leid, Herr Doktor, aber das kostet Sie leider fünfzig DeeEmm.« Genüsslich zog Strupp die Aussprache der Währungsbezeichnung in die Länge.

»Ich hab' keinen einzigen Frosch überfahren, nicht mal einen berührt.«

»Sie wissen doch so gut wie ich, dass es darauf nicht ankommt.«

»Machen Sie keinen Scheiß, Herr Wachtmeister, wir kennen uns doch. Ich geb' mal einen im ›Farrenstall‹ aus.«

»Vorsicht Herr Doktor, dass das nicht in einen Bestechungsversuch umschlägt. Da sind wir zur Zeit ganz sensibel.« Unmerklich war Strupps Kollege an den Kombi herangetreten.

»Ist doch unglaublich«, die Stimme von Dr. Kipp gewann an Schärfe, »wie oft hat man mich schon bei Unfällen von Kindern geholt. Da macht keiner was. Aber für drei Lurche und einen halblebendigen Frosch sperrt man Durchgangsstraßen.«

Lichtonski war wach geworden. »Ihr Tag- und Nachtdiebe, ihr Zigeuner«, krakeelte er, als er die Grünuniformierten erblickte.

»Halt's Maul«, zischte Jonas.

Ein »So nicht« aus dem Munde Strupps signalisierte dem

Arzt, dass es hier keinen Verhandlungsspielraum mehr gab. Während der zweite Polizist sich das Kennzeichen des Wagens notierte, öffnete Dr. Kipp blitzschnell die Autotür, stieg aus und rannte nach vorne, wo im Abblendlicht hier und da eine Kröte regungslos auf der Straße verharrte. Wütend sprang er von Kröte zu Kröte und malmte sie mit dem Absatz in die Breite. »Flatschflatsch« machte es und dann noch mal »flatsch flatsch flatsch«.

Jonas war völlig überrascht. Strupp und sein Kollege schauten mit offenen Mündern in Richtung des Arztes, der wie besagtes Rumpelstilzchen durch den Lichtkegel huschte. Lichtonski lachte ein kehliges, besoffenes Lachen. »Der ist gut der Mann, da glotzt ihr«, lallte er in Richtung der Polizisten. Dann konnte er gerade noch die Wagentüre öffnen, um auf den Asphalt zu kotzen.

Jonas reichte dem betrunkenen Speier rasch einen Wischlappen, den er aus der Ablage in der Seitentür fingerte.

»Hauptsach', 's Arschloch g'schont und 's Polschter au. Putz' dir mal 's Maul ab.«

Strupp stand weiterhin regungslos neben dem Wagen.

»Das wird Konsequenzen haben«, brüllte der andere Polizist.

»Ist mir völlig egal.« Etwas atemlos stieg Dr. Kipp wieder in seinen Mercedes. »Kann ich fahren?«

»Das wird Konsequenzen haben, Sie Monster«, Strupps Kollege war merklich leiser geworden.

»Keine Beleidigungen, bitte, ja.«

Der Arzt startete den Motor. Mit langsamer Geschwindigkeit lenkte er den Mercedes durch das Schlussstück der gesperrten Zone. Obwohl die Nacht kühl war, ließ er das Fenster an der Fahrerseite noch eine Weile geöffnet. Jonas lachte ein leises Lachen, das mit seiner moralischen Entrüstung nicht ganz im Einklang stand. Lichtonski hatte bereits wieder angefangen zu schnarchen. Aus seiner Ecke stank es säuerlich nach Kotze.

»Jetzt geht's mir wieder besser«, murmelte Dr. Kipp und gab auf der Höhe der am anderen Ende der Ortsdurchfahrt stehenden zweiten Absperrung kräftig Gas.

*

»Einmal in vier Jahren sind die Deutschen wirklich ein Volk. Immer zur Fußball-WM gibt es keinen Unterschied zwischen knorrigen Ruhrpott-Sozis und stählernen Meckpomm-Nazis, zwischen ehrlosen Millionären und aufrechten Bettlern, zwischen schönen Männern und klugen Frauen. Einmal in vier Jahren denken, fühlen, hoffen alle Deutschen nur noch eins. Und einmal in vier Jahren gehen mir unsere Intellektuellen mit ihrem Bildungsbürger-Fußballgewäsch noch etwas mehr auf den Geist als sonst. Wenn Intellektuelle über Fußball reden, geht es nämlich um alles, nur nicht um Fußball selbst. Meistens ist es dann gleich das große menschliche Drama, die bittersüße Comedie humaine, die sich vor ihren Augen entfaltet, wenn irgendein stinklangweiliges Champions-League-Finale nach einer faden Angsthasenverlängerung durch ein vermurkstes Elfmeterschießen entschieden wird.« (Maxim Biller)

»Ich muss noch etwas mit dir besprechen.« Gotthilf Bröckle schenkte Jonas und sich jeweils ein Schnapsglas von jener geheimnisvollen Flüssigkeit ein, die er in seiner »Ranch« in einem hölzernen Wandschrank für besondere Anlässe verwahrte. Die »Ranch« war die kleine Jagdhütte, in der er sich weniger aus weidmännischen Gründen aufhielt, sondern meist dann, wenn er allein und ungestört sein wollte. Hierher hatte er sich zurückgezogen, als er seine größte Lebenskrise zu bewältigen hatte. Damals, als er aus freien Stücken aus dem Polizeidienst ausgeschieden war und nicht wusste, wie es beruflich weitergehen sollte. Und hier hatte ihn Jonas aufgesucht, als sein Neffe der Hauptverdächtige im »Fall Moreno« gewesen war.

Dieses Mal hatte Bröckle Jonas eingeladen, um mit ihm bei einigen Gläsern seines legendären selbst angesetzten Blutwurzelschnapses über die geheimnisvollen Morde nachzudenken, die für seinen Gast eine unverändert bedrohliche Wirkung entfalteten. Bröckle war vor einigen Tagen aus der Munzlinger Klinik entlassen worden. Nun machte er unter gleichermaßen kritischer wie unterstützender Kontrolle seiner Frau brav seine Übungen. Am übernächsten Wochenende sollte es bereits mit einer befreundeten Familie zu einem Kurzurlaub nach Südengland gehen. Ob der Rücken das mitmachte, blieb abzuwarten. Aber er wollte alles dafür tun, dass nach dem verpatzten Skiurlaub nicht auch noch diese Fahrt abgesagt werden musste.

»Was gibt's denn so Wichtiges?« Jonas blickte durch das eben geleerte dickwandige Glas.

»Was soll schon sein. Es geht um deine Geschichte.«

»Denkst du auch, dass ich der Mörder bin?«

»Schwätz doch net so blöd raus. Aber du weißt doch selbst, dass sich die Schlinge um deinen Hals zwar gelockert hat, aber den Kopf hast du noch nicht draußen.«

»Wenn die Polizei der Meinung wäre, dass ich tatsächlich der Täter bin, wäre ich schon lange in U-Haft.«

»Sag' das nicht. Die haben bloß nicht genügend Indizien für den Staatsanwalt. Das kann sich rasch ändern.«

»Weiß man schon mehr über die genaue Todesursache bei den beiden letzten Fällen?«

»Das ist eine Geschichte, die momentan für dich spricht.«

»Wieso?«

»Nun, dem Munz liegen jetzt endlich die beiden gerichtsmedizinischen Befunde vor. Und dazu noch weitere toxikologische und neurotoxikologische Gutachten.«

»Und was besagen die?«

»So ganz genau hat der Munz mir das nicht gesagt. Offensichtlich wurde ein seltenes Gift zugeführt, man nennt es Rizin, ein für den menschlichen Organismus hochgiftiger Eiweißbestandteil aus den Samen des Rizinusbaumes.«

»Und dieses Gift ist dann tödlich? Aber es gibt doch viel gängigere Gifte.«

»Das war wohl gerade der Clou. An sich ist dieses Gift nicht nachweisbar. Rizin führt zu einer massiven Verklumpung der roten Blutkörperchen, was im Körper ein starkes Ungleichgewicht im Elektrolythaushalt hervorruft. Und das verläuft dann tödlich. Im Körper selbst ist dieses Gift erst dann nachweisbar, wenn spezifisch darauf untersucht wird. Und häufig ist es dann schon durch die Eiweißabbaustoffe des Körpers zersetzt worden.«

»Und da hat man intensiv recherchiert, nachdem es zwei ähnliche Morde gab.«

»So war's wohl. In beiden Körpern wurden winzige Metallkügelchen gefunden. Wahrscheinlich hat man das Gift damit transportiert. Mehr hat mir der Munz nicht erzählt.«

»Das war schon ganz schön viel. Ganz schön leichtfertig für einen Polizisten.«

»Vielleicht«, Bröckle lachte ein meckerndes Rumpelstilzchenlachen, »vielleicht will der Munz, dass ich mitdenke.«

»Ganz bestimmt«, sagte Jonas trocken, »aber die ganzen Umstände sprechen doch dafür, dass es jemand war, der sich auskennt. Fragen Sie Ihren Arzt oder Apotheker. Das stützt doch die These, dass ein Zusammenhang mit den Konflikten im Munzlinger Krankenhaus besteht.«

»Ausgeschlossen ist das nicht. Aber andererseits ist es doch heute kein Problem, an irgendwelche Informationen ranzukommen. Das weißt du doch besser als ich. Zwei Stunden gezielte Internet-Recherche, und du hast mehr über raffinierte Morde nachgelesen, als ein Gerichtsmediziner in seinem ganzen Leben zu bearbeiten hat. Oder du kaufst dir ein Fachbuch. Die Menschheit giert doch förmlich nach pseudowissenschaftlichen Erklärungen ungewöhnlicher Vorfälle.«

»Es gibt auf jeden Fall einen Zusammenhang. Beide Mordopfer waren zu unterschiedlichen Zeiten an der Klinik beschäftigt. Wanner die letzten Jahre, Kathi bis zu ihrem Wechsel in die Leitung der Krankenpflegeschule.«

»Auch dann kam sie noch ins Krankenhaus. Sie hat mir doch die Kopien gebracht.«

»Die zwei Bereiche sind organisatorisch miteinander verbunden.«

»Und der Junge ist auch im Munzlinger Krankenhaus gestorben.«

»Wanner und Kathi haben den Jungen betreut.«

»Ob da ein Zusammenhang zwischen dem Tod des Jungen und den zwei nachfolgenden Morden besteht?«

»Auf welcher Seite stand Kathi denn im Fall Raspe?« fragte Bröckle seinen Gast unvermittelt.

Der schwieg länger, als es dem Frager recht war.

»Sider, ich hab' dich was gefragt.«

»Ja schon, ich überlege gerade, ob sich Kathi mir gegenüber geäußert hat. Bei Wanner war das ja klar. Wanner war einer der wenigen entschiedenen Parteigänger von Raspe. Aber bei Kathi bin ich mir nicht so sicher.« Jonas schwieg wieder eine Weile, dann richtete er sich mit einem Ruck in seinem rustikalen Sessel auf. »Kathi war engagierte Gewerkschafterin. Und da die ÖTV sich öffentlich gegen Raspe positioniert hat, ist anzunehmen, dass sie auch zu seinen Gegnern zählte.«

»Was unseren Fall nicht vereinfacht.«

»Wieso?«

»Überleg' doch mal. Wir haben drei Mordopfer. Zwei davon arbeiten in einer Klinik, in der der Bär tanzt. Ein Konflikt eskaliert. Intrigen werden gesponnen, Seilschaften werden gebildet, die Politik schaltet sich ein, der Landrat. Der muss handeln, sonst droht ihm die Höchststrafe, nämlich dass man ihm Führungs- und Entscheidungsschwäche vorwirft. Irgendwann wird das für die eine oder die andere Seite zur existentiellen Bedrohung.«

»Und das wäre dann nicht das erste Mal, dass daraus Gewalt resultiert.«

»Aber die beiden Ermordeten gehörten nicht dem gleichen Lager an. Und dass die Gewalt im Munzlinger Krankenhaus so eskaliert wie in einem Mafia-Krieg mit Schlägen und Gegenschlägen, ist ja wohl kaum anzunehmen.«

»Also hat man da erst mal nichts Brauchbares in der Hand.« Jonas seufzte resignierend.

»Auf jeden Fall habe ich während meines Krankenhausaufenthaltes rausgefunden, dass der Huber die anderen Mitarbeiter abhören konnte.«

»Das ist ja interessant. Wie hat er denn das gemacht?«

»Weiß ich nicht genau. Jedenfalls kann man von seinem Telefon aus die Gespräche der anderen Ärzte und Mitarbeiter abhören.«

»In irren Zeiten leben wir. Aber das weist doch darauf hin, dass im Munzlinger Krankenhaus hochkriminelle Potentiale entfaltet wurden.«

»M'r ko koin Furz auf a Brett nagla.«

»Gotthilf, nicht alle sind in der Lage, die Tiefen deiner schwäbischen Philosophie zu erfassen. Was soll das heißen?«

»Soll heißen, keine Spekulationen. Spekulationen führen meistens in die Irre.«

»Und wie geht's jetzt weiter?«

»Ich fahre erst mal ein paar Tage in Urlaub.« Bröckle lachte und schenkte die seit geraumer Zeit leeren Schnapsgläser erneut voll.

»Prosit.«

»Prost, Gotthilf.«

»Ich würde an deiner Stelle mal nach dem Jungen suchen, dem du in Cottbus aus der Malaise geholfen hast. Wenn du den ausfindig machst, hast du ein bisschen mehr Luft in der Sache.«

*

»Der Spaß ist nicht vorbei, auch wenn das zynisch klingt. Ein Mensch liegt im Koma, aber der Ball rollt, es fallen Tore, der Jubel klingt wie immer. Fußball hilft beim Vergessen. Das gilt auch für die Probleme, die der Fußball selbst schafft.« (Dirk Kurbjuweit)

Es hatte lange gedauert, bis Jonas Pit Filikowski am Telefon hatte. Filikowski war die alte Kampfsau vom Fan-Projekt des FC Carl Zeiss Jena. Er war Streetworker, der mit meist gewaltverstrickten jungen Männern arbeitete, die sich selbst im Allgemeinen als Fußballfans und im Besonderen als kompromisslose Anhänger eines mittlerweile drittklassigen ostdeutschen Traditionsvereins bezeichneten. Das Fan-Projekt des FC Carl Zeiss Jena hatte vor einiger Zeit dadurch Aufsehen erregt, dass es für die Mitgliederversammlung des Vereins einen Antrag gestellt hatte, wonach das Rufen ausländerfeindlicher und rechtsradikaler Sprechchöre sowie die Verwendung einer entsprechenden Symbolik zum Ausschluss aus dem Verein führen sollte.

Etwas holprig war da in sprödem Vereinsdeutsch formuliert worden:

»§ 8 (Ende der Mitgliedschaft) Absatz 6 (Ausschluss aus dem Verein) wird ergänzt in Buchstabe b. Der neue Wortlaut von § 8 Absatz 6 Buchstabe b lautet: ›bei unehrenhaftem Verhalten inner- und außerhalb des Vereins, insbesondere auch durch Kundgabe ausländerfeindlicher, rassistischer oder rechtsradikaler Gesinnung‹.«

Und dann war die eigentliche Überraschung gewesen, dass die Mitgliederversammlung diesen Antrag angenommen hatte.

Jonas erreichte Filikowski erst, als die Frankfurter Koordinationsstelle aller deutschen Fan-Projekte ihm dessen Handynummer mitteilte.

»Musst du doch wissen«, wurde ihm dort gesagt, »dass Streetworker so gut wie nie in ihrem Büro zu erreichen sind. Außer, sie sind nur mäßig gut in der Arbeit mit ihrer Zielgruppe.«

Filikowski meldete sich mit einem schlichten »Ja?«

»Ist dort das Fan-Projekt des FC Carl Zeiss Jena?«

»Ja.«

»Jonas. Ich hätte da mal 'ne Frage.«

»Ja.«

»Kennen Sie die Fußball-Szene in Cottbus?«

»Ja.«

»Auch einen Fan-Club namens ›Spreekanaken‹?«

»Ja.«

»Das ist ja toll. Können Sie mir einen Namen oder eine Adresse nennen?«

Filikowski sächselte noch ein dürres »Nein« und unterbrach dann mit einfachem Tastendruck die Verbindung. Ziemlich fassungslos hielt Desiderius Jonas den Hörer in der Hand. Aber genau das hatte er diesen Leuten in zahlreichen Fortbildungen über parteiliche Sozialarbeit, Vertrauensschutz und Zeugnisverweigerungsrecht doch beigebracht.

Jonas verbrachte einige Minuten damit, die Post vom Tag zu sichten, dann wählte er nochmals dieselbe Nummer.

»Ja?«

»Hören Sie, wir haben eben miteinander telefoniert. Ich habe ein ziemliches Problem.«

»Ja.«

»Sie haben sicher davon gehört, dass im Cottbusser Stadion ein Mord geschehen ist.«

»Dazu sag' ich nichts.«

Jonas war erstaunt über die Vielzahl an Worten, die sein Gesprächspartner mit einem Mal formuliert hatte. »Sie können ja in ganzen Sätzen reden.«

»Ich lege gleich wieder auf.«

»Nee, bleiben Sie dran. Ich habe da ein echtes Problem.«

»Ja.«

»Versprechen Sie mir, dass Sie mir bis zum Ende zuhören.«

»Wird man sehen.«

»Also. Ich war im Stadion. Und nun stehe ich unter Mordverdacht. Zumindest gehöre ich zum erweiterten Kreis der Verdächtigen.«

»Und was hat das mit den ›Spreekanaken‹ zu tun?«

»Gut, ich muss weiter ausholen. Ich war mit einem Bekannten im Stadion und bin deshalb verdächtig, weil ich für eine gewisse Zeit kein Alibi besitze. Aber in dieser Zeit war ich auf dem Klo.«

»Und das können Sie nicht beweisen.«

Jonas war erleichtert über so viel plötzliche Weitsicht.

»Genau. Aber als ich das Pissoir betrat, wurde da ein Junge verprügelt, einer von den ›Spreekanaken‹.«

»Und der soll gefunden werden, damit Sie ein Alibi haben.«

Fast gerührt von so viel Mitwirkungsbereitschaft, fuhr Jonas mit seiner Erzählung fort. »Ich habe dem sogar geholfen. Und dann haben wir noch ein Bier getrunken. Wenn der ausfindig gemacht werden kann, bin ich ein gutes Stück aus dem Schneider.«

»Wie sieht er denn aus?«

»Nicht sehr groß, eher ein dünnes Kerlchen. Lederjacke mit Aufschrift ›Spreekanaken‹, bunte Haare, Iro.«

»Mann, so sehen die alle aus.«

»Aber wenn man die Truppe befragt, muss es doch einen geben, der die Geschichte bestätigt.«

»Da wäre ich mir nicht so sicher.«

»Warum?«

»Liegt doch auf der Hand. Welcher Jugendliche gibt schon so 'ne durchlebte Peinlichkeit zu?«

»Kennen Sie jemanden in Cottbus?«

»Schon.« Filikowski war wieder in seine frühere Mundfaulheit verfallen.

»Ich mache Ihnen einen Vorschlag. Wenn der Junge gefunden wird, spende ich Ihrem Projekt zweitausend Mark.«

»'n bisschen wenig.«

»Dreitausend.«

»Wir sind unbestechlich.«

»Also?«

»Mal sehen, was sich machen lässt. Geben Sie mir mal Ihre Telefonnummer. Aber wehe, Sie schnüffeln selbst in Cottbus rum.«

*

»Sobald der Ball in der Luft ist, muss man sich entschieden haben.« (Uwe Seeler, vormals Stürmer und Präsident des Hamburger Sportvereins, heute Repräsentant)

Bröckle schreckte hoch, als das schrille, warnende Geräusch einsetzte, das die modernen Fahrbahnmarkierungen an den Seitenstreifen der Autobahnen produzieren, wenn sie überfahren werden. Sein Herz raste. Mit einem von langer Erfahrung geprägten Lenkmanöver bekam er den langsam ausbrechenden Bus wieder in den Griff. Noch einmal leichtes Gegensteuern, dann war alles vorbei. Sabine, seine erwachsene Tochter, die mit Guido, ihrem neuen Freund, halb auf der Rückbank, halb auf dem Boden schlief, und die neben ihm in die Ecke gekuschelte Eva bekamen von all dem nichts mit. Gotthilf Bröckle hatte einen leichten Flattermann. Und der Rücken schmerzte heftig. Er hatte seit nunmehr zwanzig Stunden nicht mehr richtig geschlafen. Was ihn am Steuer hielt, war sein grenzenloser Ehrgeiz.

»Wenn der Urlaub vorbei ist, will ich nach Hause.«

Manfred Daimler, der den hinter ihm fahrenden Opel steuerte, hatte ihn schon bei der vorletzten kurzen Rast schräg angemacht mit seinem Geschwätz von »der Verantwortlichkeit gegenüber Eva und den Kindern«. Dann meinte Gotthilf, von der im Hintergrund stehenden Elsbeth Daimler noch leise, aber wahrnehmbar die Bemerkung »die alten Trottel im Männerklimakterium« gehört zu haben. Manfred Daimler, in dessen Flaschnerei der Ruheständler Bröckle hin und wieder aushalf, hatte sich kopfschüttelnd und schweigend abgewandt. Ein manchmal abenteuerlich, manchmal kurios verlaufener, aber insgesamt sehr schöner gemeinsamer Kurzurlaub in Südengland, den er als eine Art Genesungsurlaub betrachtete, drohte auf der Rückfahrt noch in Streit zu enden. Seit ihrem letzten großen Halt an der belgisch-deutschen Grenze befand sich Bröckle in einem Zustand getriebener Rastlosigkeit. Auch auf der Überfahrt von der Insel aufs Festland hatte er nur wenig Ruhe gefunden. Zur Enttäuschung nicht nur der Jüngeren war es diesmal keine der aufgemotzten Luxusfähren mit Kneipen, Bistros, Diskos und genügend Plätzen und Flächen, um auch ohne gebuchte Kabine ordentlich schlafen zu können, sondern nur ein armseliger LKW-Liner, der aus Gründen der Auslastung auch PKW-Reisende mit an Bord nahm. Und im Ruheraum, in dem der alte Bröckle auf der Hinfahrt prächtig geschlafen hatte, verbreiteten rauchende, klönende und zockende LKW-Fahrer eine Unruhe, die Schlaf unmöglich machte. Die beiden Daimlerkinder nörgelten, warfen ihr restliches Münzgeld in einen der wenigen Spielautomaten und waren alsbald wieder quengelig, denn der Spaß war rasch vorüber, und weder Bröckle noch Daimler waren mehr als einmal bereit, ein paar Münzen rauszurücken. Der Alte hatte einen kurzen Moment überlegt, ob nicht mit einigen der aus England, Frankreich, Schweden, Holland und Deutschland stammenden Lastwagenfahrer ein paar Spielchen mit etwas höheren Einsätzen zu machen wären, aber wegen der Kinder unterdrückte er seine Zockerregungen. Das Kartenspiel, »das Richtige«, wie er sich ausdrückte, hatte ihm in den zurückliegenden Tagen am meisten gefehlt.

Bröckle blickte in den Rückspiegel. Flüchtig sah er auf die Scheinwerfer von Daimlers Wagen, der nun seit Stunden in immer gleichem Abstand folgte. Mit einer kleinen Kopfbewegung konnte er seine Tochter sehen, die sich auf der nachträglich eingebauten Rückbank an ihren Freund kuschelte. Beide schliefen ruhig. Sein Blick streifte nach rechts, auf den Beifahrersitz, auf dem die zierliche Eva mit angezogenen Beinen ebenfalls ruhig schlief, fest eingemummt in ihren Anorak und eine Decke.

Sein Interesse an den Stadionmorden war heftig aufgeflammt. Zumal Jonas zwei Opfer gut gekannt und den dritten Toten gefunden hatte. Und die kleine Jungpaulus hatte ihm nicht nur die Kopien aus dem Nachschlagewerk geliefert, sondern ihn noch ein weiteres Mal kurz besucht. Zudem war der Häller Hauptkommissar Munz, der für seine Karlsruher und Cottbusser Kollegen vor Ort ermittelte, während seines Polizeidienstes einige Jahre sein Vorgesetzter gewesen. Eine Art Jagdfieber hatte ihn gepackt. Der Begriff war prekär, er hatte oft darüber nachgedacht, ob es richtig war, Ermittlungsarbeit mit seinem Hobby, der Jägerei, gleichzusetzen. Doch trotz der moralischen Problematik, die er empfand, wusste er keinen besseren Begriff. Zumal das Kribbeln im Bauch sich in beiden Fällen so verdammt ähnelte. Und das, obwohl er seit vielen Jahren nicht mehr im Polizeidienst war.

Amtsanmaßung ist das, dachte er. Du mischt dich in Sachen ein, die dich nichts angehen. Aber immerhin hatte sein Kumpel Jonas die Finger drin. Zumindest gab es Übereinstimmungen, was Aufenthaltsorte und Zeitpunkte anbelangte. Zufall? Jeder Zufall ist immer auch eine Tatsache, ein Ereignis.

Langsam hellte der Himmel auf, kündigte in ersten Zeichen einen ungewöhnlich heißen und sonnigen Frühsommertag an. Genüsslich und mit Bedacht drehte sich Gotthilf Bröckle aus den zusammengekratzten Resten zweier Tabaksbeutel eine Zigarette. Er tat dies mit großer Sorgfalt. Und er tat es einhändig. Bröckle war etwas stolz auf diese Geschicklichkeit, obwohl ein alter Freund von ihm noch mehr drauf hatte, der drehte astrein geformte Glimmstängel mit einem verschmitzten Lächeln mit einer Hand in der Hosentasche. Auch der mit immer gleichem Abstand hinter ihm herfahrende Daimler hatte lange so getan als ob er diesen Trick drauf hatte. Doch Daimler war an Elsbeth, seiner Ehefrau, gescheitert. Besser: Sie hatte ihn enttarnt, indem sie ihm behänd in die Hosentasche griff und trotz seiner verhaltenen Gegenwehr nach und nach das zerknüllte Blättchen, den noch losen Tabak und zwei weitere, bereits gerollte Selbstgedrehte triumphierend in die Runde warf. Elsbeth liebte ihren Mann mit einer Innigkeit, die in anderen Beziehungen nach fast fünfundzwanzig Jahren gemeinsam gelebter Partnerschaft selten war. Aber sie war zugleich auch seine größte Kritikerin und stinksauer, wenn er sich in der Öffentlichkeit allzu sehr produzierte.

Bröckle blickte grimassenschneidend in den Rückspiegel, so als könne er die Anspannung, die er auf den Wangenknochen spürte, durch heftiges Minenspiel abschütteln. Die gedanklichen Abschweifungen hatten die innere Müdigkeit fast besiegt. Nur noch wenige Kilometer waren zu fahren. Bröckle war nun fest entschlossen, sich näher mit den rätselhaften Morden zu beschäftigen. Das war er sei-

nem Kumpel Jonas schuldig. Und außerdem hatte er Zeit
– und ein paar Ideen.

Als die beiden Wagen in Niederngrün einrollten, war
es bereits Tag geworden. Gotthilf Bröckle hielt vor »Sten-
gles Laden«, um frische Brötchen zu kaufen. Der kleine
Supermarkt unterschied sich auf den ersten Blick nicht
im Geringsten von anderen kleinen Selbstbedienungslä-
den. Doch sein Untergeschoss hatte es in sich. Wer drei
einzelne Schrauben eines bestimmten Typs brauchte, bekam sie dort. Fünf Zimmermannsnägel waren billiger als
im größten Baumarkt der Region. Und wer den Maschen-
draht seines Hasenstalls ausbessern musste, brauchte keine Fünfzehn-Meter-Rolle zu kaufen, sondern bekam das
Stück, das er benötigte.

Es war kurz nach sieben Uhr. Natürlich hatte der Laden
bereits um diese Zeit offen. Auch da unterschied er sich
von den Gepflogenheiten der Konkurrenz. Müde und ver-
spannt kletterte Bröckle aus dem Bus. Leise drückte er die
Türe zu, um die Schlafenden nicht zu wecken. Dann reckte
und streckte er sich gähnend und schüttelte die fast tauben
Beine aus.

Als er den Laden betrat, blökte ihm ein fröhlich-heise-
res »Gotthilf, bisch du au scho aus d'r ›Krone‹ raus?« ent-
gegen. Bernhard »Buffi« Daimler, schon leicht ergrauter
Hansdampf in allen Gassen und Winkeln Niederngrüns
und einer der zahlreichen Vettern seines Freundes Manfred
Daimler, blickte ihn über den Rand einer goldgefassten
Sonnenbrille an, die die immer noch deutlich sichtbaren
Folgen einer durchzechten Nacht etwas kaschieren sollte.

*

»Später trank ich Bier und vergaß. Erst als ich an jenem Tag trübe dem Ball nachsah, erinnerte ich mich an meinen Lebensplan. Es war nicht so sehr das Eingeständnis grundsätzlicher Talentlosigkeit, das schmerzte. Es war die Erkenntnis, dass ich nicht einmal mehr eine fette, alte Schnecke ausspielen konnte, weil ich selbst längst eine fette, alte Schnecke geworden war.« (Peter Unfried)

Bröckle wurde bitter bestraft. Weil er entgegen dem ärztlichen Rat längere Strecken im Auto gefahren war, waren die Schmerzen in der Lendenwirbelgegend wieder stärker geworden. Wobei »stärker« nicht der richtige Ausdruck war. Sie waren eher höllisch.

Nach dem Frühstück drückte sich der Alte missmutig in der Wohnung herum. Er blätterte in Zeitungen und Illustrierten, die er alsbald wieder weglegte. Er werkelte hier und dort, um dann kurz darauf die begonnene Arbeit sein zu lassen und in den Garten zu gehen.

Eva schaute ihm missbilligend nach. »Was flatterst du denn in der Gegend rum wie ein jungfräulicher Schmetterling?«

»Schmerzen habe ich, was sonst.«

»Ich habe dir gleich gesagt, lass mich länger fahren. Aber du wolltest ja wieder durchbrettern. Wir waren doch überhaupt nicht in Eile.«

»Nur ein Lügner ist in Eile.«

»Was?«

»Nur ein Lügner ist in Eile. Ein afrikanisches Sprichwort.«

»Ich würde an deiner Stelle zum Arzt gehen.«

»Eilen hilft nicht. Zur rechten Zeit fortgehen ist die Hauptsache«, flüsterte Bröckle und sah seine Frau grimmig an.

»Was sagst du?«

»Nichts.«

»Dann geh doch zu Arzt.«

Bröckle wollte aufbrausen. Dann besann er sich und nickte. »Also gut, ich geh' zum Arzt.«

»Zum Kipp?«

»Nein.«

»Ins Krankenhaus. Zum Huber?«

»Nein.«

»Ja, zu wem denn dann?«

»Zum Raspe.«

»Du spinnst doch. Der praktiziert doch gar nicht mehr.«

»Doch, privat. Der Sider kann mir sicherlich einen Termin vermitteln. Der Sider war ja immer auf der Seite vom Raspe.«

»Vielleicht auf der Seite vom Falschen.«

»Als Arzt ist er der Beste.«

Bröckle wartete bereits annähernd eine Viertelstunde, ehe der Arzt erneut in das Besprechungszimmer trat. Dr. Raspe war ein vielbeschäftigter Mann. Nachdem er das Munzlinger Krankenhaus verlassen hatte, war er für eine Zeitlang in einer renommierten Gemeinschaftspraxis in Weinheim untergekommen. Zahlreiche Patienten aus Munzlinger Tagen waren ihm hierher gefolgt, was bedeutete, dass sie sich unter Inkaufnahme großer Wegstrecken weiter von ihm behandeln ließen. Er blickte kurz auf seinen Patienten, ging dann zügig hinüber zur strahlend weißen Projektionswand, an die er die Röntgenaufnahmen klemmte. Bröckle war ihm ohne Aufforderung gefolgt. Der Arzt machte die Beleuchtung an.

»Sieht doch gut aus«, sagte Raspe, nachdem er die Aufnahmen mit kritischem Blick gesichtet hatte.

»Hier«, er nahm einen kurzen Zeigestock auf, der unterhalb der Projektionsfläche auf einem Schreibtisch gelegen hatte, »hier haben wir noch eine kleine Schwellung. Aber die wird abklingen, und dann lässt der Schmerz nach.«

»Und wie lange wird das noch so gehen?«

»Nicht mehr lange, Herr ... wie war doch gleich Ihr Name?«

»Bröckle.«

»Verwandt mit Dr. Felix Bröckle?«

»Weniger«, brummte der Alte. Er war selbst über die spekulative Konstruktion derartiger Verwandtschaftsbande ungehalten.

»Na ja. Wir verschreiben Ihnen noch etwas. Und dann machen Sie regelmäßig Ihre Übungen. Sie machen sie doch regelmäßig?«

»Meistens.«

»Nicht nachlassen.« Dr. Raspe blickte nochmals auf die größere der beiden Röntgenaufnahmen.

»Wer hat Sie denn operiert?«

»Das steht doch im Arztbrief. Dr. Huber.«

»Der Huber? Schau an. Hat er für seine Verhältnisse gar nicht schlecht gemacht.«

»Solches Lob über Ihren ärgsten Feind?«

Dr. Raspe stand von der Schreibtischkante auf, reckte kurz seinen athletischen Körper und blieb dann leise lachend mit in den Hosentaschen vergrabenen Händen stehen.

»Ach, mein ärgster Feind war er eigentlich nicht. Es gibt Schlimmere.«

»Aber das war doch hochdramatisch. Die Zeitungen waren doch voll mit Berichten über Skandale und Intrigen, Klagen und Gegenanzeigen.«

»In den Medien wirkt das alles immer eine Spur dramatischer als in der Wirklichkeit.«

»Und der Mord an Wanner, der Sie unterstützt hat? War das auch nur eine Dramatisierung?«

Raspe blickte ihn kühl an. »Das ist eine schlimme Sache. Und auch das mit der Kleinen, na, wie hieß sie noch gleich?«

»Kathi Jungpaulus.«

»Richtig. Jungpaulus. Schlimme Sache. Gute Kraft, auch

wenn sie gegen mich war.« Dr. Raspe fixierte sein Gegenüber erneut. »Aber ich bin mir sicher, dass das mit der Klinik nichts zu tun hat. Absolut nichts.«

Bröckle blickte den Arzt verwundert an. »Aber ein Mensch in Ihrer Lage hätte doch Gründe genug, um auszurasten?«

»Um jemanden umzubringen? Also, ich muss schon bitten, Herr Bröckle. Im übrigen habe ich das Herrn Munz alles schon erzählt.«

»Sie sind doch in einer verzweifelten Lage.«

Raspe lachte. Er ließ dabei eine Reihe gesunder, perlweißer Zähne aufblitzen. Für Bröckles Geschmack eine Spur zu theatralisch breitete er beide Arme aus. »Sehe ich so aus? Gut, ich habe den Fehler gemacht, Chefarzt der Unfallchirurgie eines Krankenhauses der Regelversorgung zu werden.«

»Das war doch ein erstaunlicher Aufstieg für jemanden in Ihrem Alter.«

»Ich bitte Sie. Im Nu war ich umgeben von trauriger Mittelmäßigkeit. Assistenzärzte, die die fünfzig überschritten hatten, die nichts mehr werden konnten und sich seit langem nicht mehr engagierten, renitentes Personal. Keine Elite. Keine Lust auf Neues, die große Mehrheit verschlossen für medizinische Herausforderungen.« Der Arzt war laut geworden.

»Dann kam Ihnen die Kündigung sogar gerade recht?«

»So direkt nicht. Natürlich hatte ich das Ziel, eine moderne unfallchirurgische Abteilung aufzubauen. Aber dazu braucht man junge Kräfte mit goldenen Händen und keine abgehalfterten Assistenzärzte, die man nach dem öffentlichen Dienstrecht noch die nächsten zehn bis fünfzehn Jahre am Hals hat.« Raspe lachte leise. »Und wenn die Abfindung stimmt, kann ich mich in eine renommierte Privatklinik im Raum Ludwigshafen einkaufen.«

»Aber Sie können doch nicht wissen, wie das Arbeitsgerichtsverfahren für Sie ausgeht.«

»Glauben Sie, dass ein Landrat wie Wirsching irgend etwas dem Zufall überlässt? Einer, der fünfmal in diese Funktion gewählt wurde, ohne dass er zuvor auch nur einmal eine sichere Mehrheit hatte? Die Kündigung ist für die Öffentlichkeit.«

»Aber der Landkreis schmeißt Ihnen doch nicht sinnlos das Geld nach.«

Der Arzt grinste. »Natürlich nicht. Der Landkreis spart sogar eine Menge Geld.«

»Inwiefern?«

»Haben Sie mitbekommen, dass der Kreistag vor einigen Jahren den Beschluss gefasst hat, die chirurgische Abteilung in eine Allgemein- und in eine Unfallchirurgie aufzuteilen? Das war modern damals.«

»Doch der Landrat wollte das nicht?«

»Richtig. Aber das Gremium ist ihm dieses eine Mal nicht wie eine Herde Lemminge gefolgt. Da sitzen zu viele Ärzte im Kreistag, und zu viele Bürgermeister, und manchmal wollen die sich etwas profilieren.«

»Und nachdem die Sache mit Ihnen ausgestanden ist, wird da die Luft rausgelassen. Dann legt man Allgemein- und Unfallchirurgie wieder zusammen.«

»Und spart einen Chefarzt, zwei Oberarztstellen und noch etwas Fußvolk ein.«

»Da wird der Huber sicherlich enttäuscht sein.«

»Der Huber?« Wieder lachte Dr. Raspe. »Der Huber wird doch Chefarzt an einem Krankenhaus im sächsischen Partnerlandkreis.«

»Des glaub' i net.« Bröckle war urplötzlich wieder in seinen schwäbischen Dialekt verfallen, den er angesichts seines prominenten Gesprächspartners bislang so gut wie möglich vermieden hatte.

»Doch, doch«, sagte Raspe fröhlich, »das ist so 'ne Art Sondermüllexport. Das macht man doch jetzt ohnehin. Weg mit dem Müll, rüber, dorthin, wo sie die großen Rekultivierungen vornehmen können.«

»Älles Lug und Trug.« Bröckle versuchte einen letzten Trumpf zu spielen. »Aber der Huber hat Sie doch abgehört.«

»Wieso?«

»Von seinem Büro aus konnte er andere Mitarbeiter abhören.«

»Ach«, Dr. Raspe verfiel erneut in schallendes Gelächter, »Sie meinen die Geschichte mit der Hausanlage. Uralt, das hat doch noch mein Vorvorgänger installieren lassen. Ein Patriarch und Tyrann alter Schule. In einer Zeit, in der niemand daran dachte, dass so was anrüchig sein könnte. Nein, nein, wer Wichtiges zu besprechen hatte, hat sein Handy verwendet.«

»Und das Engagement der Leute?«

»Welches Engagement?«

»Der Wanner, der Jonas, die Bürgerinitiative, die hat fast zwanzigtausend Unterschriften gesammelt.«

Der Arzt blickte nachdenklich auf die Röntgenaufnahmen. »Das tut schon gut. Glauben Sie mir, ich war den Leuten wirklich dankbar. Und außerdem verbessert es die Verhandlungsgrundlage. Und der Wanner. Das war ein gutmütiger Idealist. Wie auch Ihr Freund, der Herr Jonas.«

»Sie meinen, ein naiver Volltrottel?«

Raspe schüttelte den Kopf. »Nein, nein. So drastisch würde ich das nicht ausdrücken.«

»Dann also Halbtrottel?«

»Ich bitte Sie, Herr Bröckle«, der Arzt hatte sich zügig erhoben und ging resolut auf seinen Patienten zu. »Halten Sie sich an meine Anweisungen und nehmen Sie die Medikamente, dann kommt das schon ins Lot. Kommen Sie in sechs bis acht Wochen nochmal vorbei. Und wenn sich Komplikationen ergeben, ich bin immer für Sie da.«

*

»Folter mit Elektroschocks ist zu einer alltäglichen Sache geworden und ist nicht einmal die schrecklichste Form der Folter. Es sind Fälle von Amputation bekannt, fürchterliche Foltermethoden wie Enthäutungen, Operationen ohne Betäubungen.« (Argentinische Kommission für Menschenrechte)

»Nein, belasten tut mich das nicht, dass dort gefoltert wird.« (Manfred Kaltz, Hamburger SV)

»I hoab no koa'n Brief kriagt und mogg dazua a nix sag'n.« (Georg Schwarzenbeck, Bayern München)

»Militär stört mich nicht. Ich hoffe, wir kommen weit.« (Klaus Fischer, Schalke 04)

Desiderius Jonas war froh, dass das Semester wieder begonnen hatte. Er pendelte nun wieder Woche für Woche zwischen Fuchsenried und Leipzig. Die Arbeit machte ihm Spaß, forderte ihn und lenkte ihn zwischen Montag und Donnerstag von den Mordfällen ab, die in Munzlingen immer noch Tagesgespräch waren.

Auf einer seiner langen Zugfahrten hatte er auf eine für ihn sympathische Art und Weise wieder einmal Pflicht und Spaß miteinander vereinigt und dabei zugleich auch Gelegenheit gefunden, an etwas anderes zu denken als an die Ermordeten. Seinem Auftrag, regelmäßig einen Aufsatz für die Fachzeitschrift »Alternative Kommunalpolitik« zu schreiben, war er mit einem Feature über das Verhältnis von Fußball und Politik gerecht geworden. Das Ergebnis lag nun gedruckt vor, und Jonas vergnügte sich an der erneuten Lektüre seiner eigenen sprachlichen Ergüsse.

Am Abend legte er sie in Kopie seinem alten Freund Ferdinand Ordennewitz vor, welcher zumindest nach Ferdinands Aussage nicht verwandt und nicht verschwägert mit dem früheren Bremer Bundesligaspieler Frank Ordenewitz war und immer etwas ergrimmt auf die Fußballeidenschaft von Desiderius Jonas reagierte.

Jonas und Ordennewitz maßen sich gerne in rhetorischen Spielen.

»Machokacke«, pflegte Rosi regelmäßig dazu zu sagen.

Eine ernsthafte Eskalation hatte es bereits 1978 gegeben, als die Fußballweltmeisterschaft in Argentinien ausgetragen wurde, einem Land, das damals von einer Militärdiktatur beherrscht wurde. Während die akademische Linke radikal für einen Fernsehboykott plädierte, ließ Jonas keinen Zweifel daran, dass er trotz politischen Engagements gegen Faschismus und Folter nicht auf die Fernsehübertragungen zu verzichten bereit war. Junge Menschen aus der »Munzlinger Szene« hatten seinerzeit Rosi aufgefordert, den Strom abzudrehen, wenn Jonas es wagen sollte, Fußballübertragungen aus dem faschistischen Argentinien anzuschauen. In die Heftigkeit der damaligen Auseinandersetzung war ein »Spielbericht« geplatzt, welchen ihr gemeinsamer Freund und kommunalpolitischer Mitstreiter Rainer Roßnagel in der »Position«, dem damaligen alternativen Monatsblatt von Munzlingen, veröffentlicht hatte:

»... Liebe Zuschauer, wir schalten jetzt um zur Direktübertragung nach Buenos Aires. Ja, meine Damen und Herren, ich begrüße Sie recht herzlich zu Hause an Ihren Fernsehschirmen.

Das Spiel steht kurz vor dem Anpfiff, wir werden hier mächtig auf die Folter gespannt. Endlich laufen die Mannschaften ein. Rechts nimmt Argentino Repressivo Aufstellung, erkennbar an den schwarzen Hosen und braunen Trikots, links Adelante Pueblo in total rotem Dress.

Der Schiedsrichter hat das Spiel angepfiffen.

Argentino Repressivo ist jetzt am Ball, das Zusammenspiel klappt hervorragend. Videla dirigiert souverän, passt zu Franco, dieser gibt ab.

Und jetzt dribbelt die schwarze Perle Idi Amin, spielt zu Pinochet. Adelante ist jetzt vollständig in die Defensive gedrängt, sie werden durch harte Manndeckung ihrer Bewegungsfreiheit vollständig beraubt, werden im Strafraum festgehalten. Und da... Videla hat wieder eine der gefürchteten Granaten losgelassen, der Torwart von Adelante hängt im Netz, wie ein Papagei in der Schaukel.

Anspiel – schon wieder rollt eine verheerende Angriffswelle von Argentino Repressivo. Ein Spieler von Adelante Pueblo liegt am Boden, krümmt sich vor Schmerzen, der Unparteiische lässt weiterspielen – Vorteil!

Die Sensation, meine Damen und Herren, mit der Nummer 13 soll Hitler eingewechselt werden! ... Nein, der Trainer entschließt sich doch, statt ihm ITT zu bringen.

Pinochet schießt jetzt voll in die Abwehrreihe von Adelante Pueblo. Von der Kugel am Kopf getroffen sinkt der linke Außenverteidiger nieder. Argentino Repressivo räumt jetzt auf im gegnerischen Strafraum! Da fehlen ja plötzlich vier Spieler von Adelante Pueblo, spurlos verschwunden – aber das kommt in Argentinien ja öfters vor. Das Spiel verlangsamt sich jetzt, plötzlich einsetzende Blutgüsse haben den Rasen in Morast verwandelt, er ist unbespielbar geworden. Der Schiedsrichter ist gezwungen, das Spiel abzubrechen.«

Über diese fiktive Fußballreportage war damals vor und nach der Veröffentlichung heftig diskutiert worden.

»Für politisch Ungebildete zu wenig verständlich«, sagten die Einen.

»Aus Folterszenarien macht man keine politische Satire«, sagte Rosi.

»Der Fußball konnte von der Junta nicht für ihre Ziele instrumentalisiert werden. Dem stand schon Menotti entgegen. Und in den Stadien skandierten die Zuschauer: ›Argentinien wird Weltmeister – Videla an die Wand««, warf Jonas damals ein.

So war auch die Auseinandersetzung zwischen ihm, dem Fußballfanatiker, und Ferdinand, dem Feingeist, für den allein schon der Begriff »Fußball« negativ besetzt war und Aversionen weckte, eine oftmals spielerische Auseinandersetzung. Ordennewitz war vor zwei Jahren von Munzlingen nach Berlin »ausgewandert«. Seit Jonas an der HTWS lehrte, traf man sich abwechselnd in Leipzig und in Berlin, um bei einem guten Essen den Abend miteinander zu verbringen und dabei Nachrichten aus Berlin und Munzlingen auszutauschen. Sie hatten sich lange nicht gesehen und begossen nun das Wiedersehen.

»Dass du immer noch deine Kreativität in dem Müll aus Männerschweiß und Ballgeschiebe verschleuderst.«

Jonas ignorierte den Angriff. »Da sage doch noch mal einer, dass in Fußball nicht mehr drin steckte als das verblödete Herumgestauche.«

»Das unnötige Verschleudern von Geist und Kraft ist völlig ohne Sinn, bannt Menschen in einer nicht realen Wirklichkeit«, entgegnete sein mittlerweile in Berlin heimisch gewordener alter Freund, den in Munzlingen alle »Fops« genannt hatten. »Das sage ich mit der Einschränkung, dass von der ›Verschleuderung von Geist‹ eigentlich doch nicht die Rede sein kann, denn wo Geistlosigkeit dominiert, wird in der Regel kein Geist verschleudert.«

Dem setzte Jonas listig entgegen: »Nur der Ignorant sieht nicht, dass in Spiel und Ritualen des Fußballs all das steckt, was Leben gemeinhin ausmacht: Liebe, Erotik, Hoffnung, Spannung, Leiden, Bewegung, Gemeinschaft, Kampf, Sieg oder Tod.« Und lachend fügte er hinzu: »Die großen Fußballspiele sind die religiösen Rituale unserer Zeit. Die neuen Priester inszenieren das Ritual, die Masse folgt gebannt der Bewegung. Die Bowl ist der Dom der Neuzeit. Schamanen und Fahnenbeschwörer sorgen für mystische

Verklärung. Und im übrigen gleicht Fußball dem Fluss des Lebens: ein ständiger Wechsel von Spannung und Entspannung, dessen erfolgreicher Verlauf wie im wirklichen Leben immer in einer bestimmten Weise erhofft, aber nie geplant werden kann.«

Jonas war über seine zweifelhaften intellektuellen Abschweifungen aufs Nebensächliche richtig in Begeisterung geraten. Als er Luft holte, um eine weitere Gedankenblase um das »Verhältnis zwischen Lebenswirklichkeit und Fußball« abzulassen, reagierte »Fops« mit einer unzweideutigen fahrigen Handbewegung in Richtung Stirn, die ihn wiederum in eindeutiger Weise als Ignoranten demaskierte.

»Komm, lass uns über etwas Anderes reden. Was machen denn deine Morde?«

»Wieso denn ›meine‹ Morde? Die tragischen Vorgänge haben sich abgespielt, als ich zufälligerweise in der Nähe war. Im selben Stadion. Das hat aber nichts mit ›uns‹ oder ›mir‹ zu tun. Ich muss doch schon bitten! Die Polizei meint, es könnte möglicherweise etwas mit den Vorgängen im Munzlinger Krankenhaus zu tun haben. Gotthilf Bröckle zieht das in Zweifel. Du kennst ihn. Er war ja früher selbst Polizist.«

»Ja, ja, ich weiß. Der hat doch in der Sache Felix Bröckle ermittelt. Richtig festgebissen hat er sich. Ein früher Fall von unseriöser Parteienfinanzierung. Was meinst du zu der neuen Geschichte?«

»In zwei Fällen war die rechte Glatzenszene recht nahe. Aber das bedeutet ja noch nicht viel.«

»Genau. Keine Vorurteile bitte gegen unsere kurzgeschorenen Mitbürger.«

»Und wenn es doch welche von denen waren?«

»Dann war es mit Sicherheit wieder der berühmte Einzeltäter.«

»Anders kann es ja nicht gewesen sein. Denn es waren

ja intelligent ausgeführte Morde. Also glatzenunspezifisch. Kein schlichter Totschlag mit dem Baseballschläger. Und auch kein Rauswurf aus der fahrenden S-Bahn.«

»Was heißt schon glatzenunspezifisch. In Berlin wurde eine Studie vorgelegt, wonach die typische deutsche Glatze, wenn sie denn wählen geht, am ehesten die PDS wählt.«

»Soziologensoich.«

»Aber bitte. Und etwas mehr Stil. Wir sind in einer Stadt mit Kultur.« Ordennewitz hatte sich seitlich nach unten gebeugt und kramte in seiner dünnen Aktentasche, aus der er nach kurzem Stöbern einen säuberlich ausgeschnittenen zweispaltigen Zeitungsartikel hervorzog. »Unser alter Freund Detlef gehört nun auch zu denen, die bundesweit agieren.«

»Welcher alte Freund Detlef?«

»Na, Detlef Kurz, dein alter Kollege aus dem Kreistag.«

»Diesen Karrieristen habe ich nie zu meinen Freunden gezählt. Der kommt jetzt auch noch in den Bundestag.«

»Schau mal, wo der sich überall rumtreibt.« Ordennewitz reichte seinem Freund den Zeitungsausschnitt, der aus der »Cottbusser Zeitung« stammte.

»Brandenburgische SPD diskutiert über Modernisierung
Cottbus. Bereits wenige Tage vor der Bundestagswahl und ein Jahr vor der Landtagswahl in Brandenburg diskutierte ein Arbeitskreis der Partei den notwendigen Reformbedarf. Man wolle sich fit machen für einen Wechsel im Bund und eine Verbesserung der Lage im Land. Kompetenter Referent war das baden-württembergische Parteiratsmitglied Detlef Kurz. Dieser plädierte dafür, dass die Kommunikation in der Partei verbessert werden müsse. So benötige jeder Ortsverein einen Internetanschluss.«

»Das hat er auch schon vor einem halben Jahr auf dem Landespartei der SPD vorgetragen. Und weil das den Genossen etwas zu wenig war, haben sie ihn mit einem wenig aussichtsreichen Listenplatz abgestraft.«

»Du bist immer noch der alte Sozenfresser.«

»Klar. Du weißt doch: Wer hat uns verraten? Sozialdemokraten.«

»Na ja, jedenfalls kommt er von Cottbus aus schnell nach Dubi.« Ordennewitz lachte und wühlte den Stummel seiner Zigarette in den überquellenden Aschenbecher.

»Wo ist Dubi, und was treibt ihn dahin?«

»Der Trieb, der Trieb treibt ihn«, Ordennewitz lachte abermals, dieses Mal lauter, »weißt du nicht, dass Kurz auf kleine Jungs steht?«

»Der? Ein Kinderficker?«

»Sag das nicht so hässlich. Päderast klingt doch viel angenehmer. Oder noch besser: Kinderfreund. Dubi liegt in Tschechien. Und dort gibt es viele hübsche Jungs, die zum Teil noch recht jung sind. So zwischen zwölf und sechzehn. Frischfleisch.«

»So 'ne Sau. Von wegen Kinderfreund. Und so was will in die große Politik.«

»Wir leben in modernen Zeiten.«

»Du meinst, in modernen Zeiten sind Politiker perverser?«

Wiederum lachte Ordennewitz, um dann Jonas nachdenklich anzuschauen. »In modernen Zeiten sind die sexuellen Neigungen von Politikern nicht anders, sie werden nur öffentlicher.«

Die Bedienung brachte den Espresso in kleinen, hübsch verzierten Tassen, die sie mit routinierten Bewegungen auf den runden Tisch stellte. Die beiden Freunde zündeten sich fast gleichzeitig noch eine letzte Zigarette an.

»Zahlen bitte«, rief Ordennewitz der in Richtung Küche enteilenden Bedienung hinterher, »ich muss den letzten Zug nach Berlin noch kriegen.«

*

»Da schickte er in der 40. Minute den Nigerianer Pascal Ojigwe auf den Platz, wo mit den beiden Ägyptern Ramzy und Samir und dem Brasilianer Ratinho bereits drei Nicht-Europäer standen. Damit war das Spiel verloren, denn laut Statut sind eben nur drei ›Interkontinentale‹ erlaubt ... Grün ist der Wechsel, und Wechselfehler sind schwarz. Wollte Otto Rehagel womöglich am Tag vor der Bundestagswahl ein Zeichen für den Wechsel setzen? ... Hoffentlich ist die Nominierung des erklärten Grün-Wählers Yves Eigenrauch von Schalke 04 kein schlechtes Zeichen für den Wechsel.« (Jörg Magenau)

Nach seiner jüngsten Rückkehr aus Leipzig hatte Jonas den dringenden Wunsch verspürt, endlich wieder einmal auszugehen. Wer sich immer nur versteckt, meinte er, trägt selbst dazu bei, dass über ihn geredet wird. Er hatte sich deshalb mit Bröckle auf ein abendliches Bier verabredet. Kurz vor acht Uhr trafen sie sich im »Roten Ochsen« in Munzlingen.

Zu beider Enttäuschung war die Kneipe fast leer. Am Tresen stand lediglich Ebse, ein gleichermaßen fanatischer Fan des VFL Munzlingen und des VfB Stuttgart. Er trug, wie schon seit einigen Jahren, eine gelbe Mütze, die an seinem Kopf festgewachsen schien, denn kein Mensch hatte ihn jemals in Kneipen, auf der Straße oder auf Sportplätzen ohne diese seltsame Kopfbedeckung gesehen. Einige Interessierte saßen vor einem Fernseher. Jonas machte sich bei dem Wirt, der mit ruhigen, gleichmäßigen Bewegungen Gläser abtrocknete und dann in eine Glasvitrine stellte, mit einer Handbewegung bemerkbar.

»Zwei kleine Bier.«

Ebse nahm die offensichtlich unterbrochene Unterhaltung mit dem Wirt wieder auf.

»Und, was Neues?« Jonas nahm einen Schluck.

»Die Sache wird immer verwirrender«, meinte Bröckle.

»Welche Sache?«

»Die Mordsache.«

»Wieso wird die immer verwirrender?«

»Ich habe Zweifel daran, dass es was mit dem Krankenhaus zu tun hat.«

»Spinnst du?«

»Nein, nein. Ich war vor kurzem beim Raspe in Behandlung.«

»Und?«

»Ich will's nicht überbewerten, aber der hat den Eindruck gemacht, als wäre ihm die Entwicklung nicht unrecht. Der kauft sich in eine Privatklinik ein.«

»Ach, Quatsch.«

»Frag ihn doch selbst. Du kennst ihn doch.«

»Aber der hat doch sowieso nichts mit dem Mord zu tun. Viel verdächtiger sind doch Huber und Konsorten.«

Bröckle lachte. »Von Konsorten habe ich bisher noch nichts mitkriegt. Und der Huber wird Chefarzt in Sachsen. Der Raspe sagte, das sei eine besondere Form der Müllentsorgung.« Bröckle kicherte, um dann heftig loszuprusten. »Die Welt ist schlecht. Die Welt will betrogen sein. Die Malaise bleibt zurück, Huber und Raspe machen ihren Schnitt. Wie im richtigen Leben.«

»Glaube ich nicht.«

»Wie sagt doch der Munz immer zum Schuster? ›Glauben heißt nicht wissen.‹ Und was wir nicht wissen, kann man ja in dem Fall leicht rauskriegen.«

»Wenn das stimmt, wäre das echt der Hammer.«

»Das kann natürlich immer noch bedeuten, dass der oder die Mörder im Krankenhaus zu finden sind, aber der Machtkampf zwischen Chef- und Oberarzt war nicht unbedingt das Motiv.«

»Schöne Scheiße, jetzt geht wieder alles von vorne los.«

»Als Ex-Bulle sehe ich das anders. Wir wissen noch nicht die Lösung, aber wir sind weiter vorangeschritten.

Leicht erzielter Erfolg führt zu nackter Torheit.«

»Du wirst ja noch Philosoph«, lachte Jonas. »Weißt du wenigstens, wer der Junge im Krankenhaus war?« Bröckle schüttelte den Kopf.

»Ich habe den Munz noch mal gefragt. Der sagte wenig, du weißt ja, wie Polizisten sind, die in einem spektakulären Fall im Dunkeln tappen. Das ist für die wie eine offene Wunde. Sie wissen nur, dass der Junge vor dem Überfall ein paarmal im ›Casablanca‹ war.«

»So, im ›Casablanca‹. War er schwul?«

»Vermutlich ein Stricher. Das behauptet zumindest der Wirt. Der Kleine hat angeblich einige Male von Dubi geredet, einem Ort in Tschechien, der gerne von deutschen Freiern aufgesucht wird.« Bröckle schwieg für einen Moment und blickte seinen Freund einige Sekunden nachdenklich an, ehe er fortfuhr: »Du könntest dich nützlich machen.«

»Ich? Inwiefern?«

»Du kennst dich doch mit Computern aus und mit dem Internet.«

»Geht so.«

»Meinst du, es gibt im Internet etwas über die Kontrollen, die die Polizei in Stadien durchführt?«

»Kann schon sein. Das Internet ist ja ein großer Schrottplatz, da findet man allerhand.«

»Kannst du mal nachforschen?«

Jonas nickte, obwohl er keine Ahnung hatte, was den Alten zu dieser Bitte veranlasste.

*

»Über Fußball ist ein Typus von Diskussionen möglich, bei dem im Grunde genommen von vorneherein ausgeschlossen ist, dass am Ende das bessere Argument für alle einsichtig den Ausschlag gibt.« (Rainer Paris)

Am Tag der Bundestagswahl war das Foyer des Munzlinger Rathauses kurz nach achtzehn Uhr brechend voll. Mitglieder und Anhänger der verschiedenen Parteien standen meist in kleinen Grüppchen zusammen. Andere gingen interessiert zwischen dem Fernseher und dem Bildschirm hin und her, der auf einem Tresen stand und den Zwischenstand der örtlichen Ergebnisauszählung dokumentierte. Erstmals seit 1972 lag auch in Munzlingen die SPD vor der CDU. Zumindest nachdem die Hälfte der Stimmbezirke ausgezählt war. Als ein zweites Mal in einer Hochrechnung die PDS über fünf Prozent gehandelt wurde, jubelten einige Punks, die sich unmittelbar vor dem Fernsehgerät auf den Boden gesetzt hatten. Die CDU-Landtagsabgeordnete Marylin Österreicher, die einige Schritte vor dem Ehepaar Jonas das Rathaus betreten hatte, blickte sichtbar angewidert zu den Jugendlichen hinüber. Jonas folgte ihrem Blick und erkannte in der Fülle bunter Schöpfe unschwer die roten Stacheln, die vom Kopf seiner Tochter Gundi abstanden. Ein Jugendlicher, der aufgrund seiner markanten Haarpracht auf den Spitznamen »Palme« hörte, stand auf, löste sich aus der Gruppe und grüßte ihn freundlich. Erst da fiel Jonas auf, dass die anderen Anwesenden bislang tunlichst den Blickkontakt mit ihm vermieden hatten, um ihn nicht grüßen zu müssen.

So schnell wird man zum Outlaw, dachte er. Vor kurzem noch hoch geachteter Bürger dieser Stadt, jetzt Unberührbarer, Paria.

Jonas blickte sich um. Die ersten Wahlhelfer kamen mit wichtiger Miene aus den benachbarten Wahllokalen, unter dem Arm die fein säuberlich gebündelten Wahlunter-

124

lagen. Für einen Moment wurde ihnen durch die Menge eine Aufmerksamkeit zuteil, die sie sichtlich genossen. Den Fragenden riefen sie Detailergebnisse aus den einzelnen Wahlbezirken zu, dann eilten sie die Treppe hoch in den ersten Stock, wo im Sitzungssaal des Rathauses unter Vorsitz von Bürgermeister Oskar Punz die örtliche Wahlleitung eingerichtet worden war. Unmittelbar danach drängten sich im Foyer noch mehr Interessierte vor dem Monitor der Stadtverwaltung, denn das zusätzliche Wahlbezirksergebnis wurde nun dem bisherigen Zwischenstand zugerechnet.

Jonas erkannte Wolfram Seidner, seinen Nachfolger in der Funktion des Fraktionsvorsitzenden der MALI, der Munzlinger Alternativen Liste. Seidner, in feinstes Tuch gekleidet, verschwand rasch nach oben, ohne ihn weiter zu beachten, er brachte die Wahlunterlagen aus Hinsbach. An solch einem Tag war es offensichtlich auch für einen Alternativpolitiker nicht angebracht, einen des mehrfachen Mordes zumindest nicht Unverdächtigen allzu demonstrativ zu grüßen. Schließlich waren schon im kommenden Jahr wieder Gemeinderatswahlen.

Der Einzige, der ihn außer dem Punk für alle sichtbar herzlich begrüßte, war der Häller FDP-Mann Dr. Felix Bröckle.

»Na, Jonas, jetzt wissen Sie mal, wie das ist, wenn einen die Masse schneidet«, tönte er lachend.

»Das ist doch wohl ein kleiner Unterschied.« Jonas, dem diese unwirkliche Situation einen Schauer über den Rücken jagte, reagierte unwirsch auf die zudringliche Freundlichkeit, mit der sein früherer politischer Gegner sich ihm zuwandte. »Ihre Steuervergehen waren real, der Verdacht, der auf mir lastet, wird sich verflüchtigen. Da bin ich mir sicher.«

»Nichts ist anders, mein Lieber. Wenn das Volk meint, dass Sie Dreck am Stecken haben, zeigt es Ihnen die kalte Schulter. Da werden Sie ganz einsam.« Und nach einem kurzen Zögern fuhr er fort: »Aber glauben Sie mir, das legt sich. Man muss nur einen langen Atem haben. Standing. Durchhaltevermögen. Und natürlich die richtigen Freunde, die zu einem halten.«

»Dann kriegt man auch noch das Bundesverdienstkreuz.« Rosi hatte sich mit unbeteiligt klingender Stimme eingemischt. Der alte Sack ging ihr auf die Nerven.

Dr. Bröckle ließ sich nicht aus dem Konzept bringen. Mit leichter Hand klopfte er Jonas auf die ihm zugewandte linke Schulter. »Kopf hoch, mein Lieber, Kopf hoch. Die Anzeichen dafür, dass Sie es doch nicht waren, mehren sich ja. Und die Politik braucht Leute wie Sie. Leute, die auch schon mal durch die Niederungen eines Schweinestalls kriechen mussten.«

Aus einer Gruppe älterer Menschen löste sich eine etwa vierzigjährige Frau und kam zu ihnen herüber.

»Na, ihr Beiden.« Veronika Schönspaß war eine alte Freundin von Rosi.

»Ach, Vroni, das ist aber nett«, freute sich Rosi. Diebisch grinste die Angesprochene Jonas an.

»Na, du alter Ärzteschänder.«

»Hör bloß auf.«

Gerne hätte Veronika Schönspaß noch weiter gelästert. Aber eine unauffällige Handbewegung ihrer Freundin brachte sie zwar nicht zur Ruhe, aber auf ein anderes Gesprächsthema.

Jonas hörte den beiden Frauen nicht länger zu. Zerstreut blickte er in die Runde. Als einer der letzten Wahlhelfer betrat Rudi Sperling das Rathausfoyer. Mit von Stolz geschwellter Brust balancierte er die mit Gummiringen nach Parteien gebündelten Wahlzettel und Wahlbenachrichtigungen vor sich her. Unsicher zwar, aber sie fielen nicht runter. Gut gelaunt blickte er um sich, grüßte Diesen, grüßte Jenen.

»Jetzt ist der Kurz auch noch im Bundestag«, stellte Dr. Felix Bröckle nüchtern fest.

»Aber der braucht doch aufgrund seines miserablen Listenplatzes ein Direktmandat.« Jonas klammerte sich an den letzten Strohhalm.

»Das kriegt er, mein Lieber, das kriegt er.« Dr. Bröckle lachte erneut und verschwand dann in der Menge.

Vor dem Fernseher kam Jubel auf. Die Punks freuten sich darüber, dass Gregor Gysi ins ARD-Wahlstudio gekommen war.

»Da hat unsere Tochter wohl nicht die Grünen gewählt.« Rosi Jonas wies auf die Gruppe Bunthaariger, die nun aufgestanden waren. Flaschen rollten klirrend über den Steinboden.

»Wenn man den neuen Staatsmann Fischer so sieht, kann man das durchaus verstehen.«

*

»Für den wirklich fanatischen Fan besteht das Vergnügen nicht so sehr im Sieg des eigenen Clubs als vielmehrin der Niederlage des anderen.« (Eduardo Galeano)

Sofort nach seiner letzten Montagsvorlesung an der HTWS Leipzig eilte Jonas in sein Büro, um in der von Bröckle gewünschten Weise Recherche zu betreiben. Er schaltete seinen PC an und ging dann ins Internet. Es war ihm unklar, unter welchen Stichworten er recherchieren sollte, also gab er die Begriffe »Polizei« und »Jugendliche Gewalttäter« ein. Der Fang lohnte sich und war doch zugleich ob seiner Reichhaltigkeit wieder unangenehm. Er hatte über zweitausend Hinweise erhalten. Jonas zappte und surfte.

»Polizeistrategische Maßnahmen, die gezielt im Kontext realer oder vermeintlicher Jugendgewalt entstanden, waren eine der Konsequenzen des Umstandes, dass im Zusammenhang der Halbstarkenkrawalle Polizei vorwiegend als ›hilflos‹ bezeichnet wurde. Die westdeutsche Schutzpolizei wurde von den Entwicklungen überrascht, reagierte entweder gar nicht oder im Übermaß. Lediglich aus Berlin ist geplantes polizeitaktisches Verhalten übermittelt. Es mündete in kriminaltaktische Maßnahmen wie z. B. Informationsbeschaffung im Vorfeld, Beweissicherung durch als Pressephotographen getarnte Polizeibeamte, Einrichtung einer zentralen Jugendkartei, Schaffung einer Schutzdienststelle bei der Polizei.«

»Ist ja interessant«, murmelte Jonas zwischendurch und surfte weiter, denn das war nicht das, was er suchte. Umfangreich war das Material über polizeiliche Maßnahmen gegenüber Rockern, Demonstranten und Hausbesetzern. Nach gut einer Stunde, die er mit Surfen und Lesen verbracht hatte, fand er endlich die richtige Fährte:

»Polizeiarbeit hat auch im Fußballumfeld schon eine lange Tradition. Bereits in die Mitte der 80er Jahre reichen die polizeilichen Aktivitäten im Fußballfan-Bereich zurück. In einigen Bundesligastädten wurden so genannte ›Fan-Kontaktbeamte‹ eingeführt, die die Nähe zur Szene suchten, ohne dass verdeckt gearbeitet wurde. Das Konzept wurde modifiziert und ausgeweitet. Die Nachfolger dieser Kontaktbeamten nennen sich nun mehr ›Szenekundige Beamte‹, die zumeist in Zweierteams arbeiten. Der Unterschied ist, dass sie sich – ebenfalls öffentlich erklärt – nur noch auf die Unterstützung der Einsatzleitung vor Ort beschränken.

Die im Kontext von Berufsfußball entwickelten und praktizierten polizeilichen Maßnahmen sind mittlerweile differenziert und aufwendig. Vor jedem Bundesligaspiel kommt es zu einer Lageeinschätzung. Um ausreichende Kenntnisse über Größe und Gefährlichkeit der zu erwartenden Fangruppen besser einschätzen zu können, wurden 1991 auf Beschluss der Ständigen Konferenz der Bundesinnen-minister ›Landesinformationsstellen Sporteinsätze‹ (LIS) sowie die bundesweit vernetzende ›Zentrale Informations-stelle Sporteinsätze‹ (ZIS) eingerichtet. Diese sammeln nach jedem Bundesligaspiel die von der Polizei und den ›Szenekundigen Beamten‹ vor Ort erstellten Einsatzbe-richte, in denen Mitteilungen über spezielle Vorkommnis-se, Störerpotential und Fanaufkommen zu finden sind.«

Mit einem entspannten »Sehr gut« druckte Jonas den Text aus und faxte ihn gleich danach an Manfred Daimler in Niederngrün.

»Servus Mande, bring das bitte sofort zu Gotthilf Bröck-le, Gruß DJ «, schrieb er auf den oberen Rand.

Mit einem schon lange nicht mehr empfundenen Gefühl tiefer Befriedigung schloss er das Programm und schaltete den Computer ab.

Gerade als er dem Raum von außen abschließen wollte, klingelte das Telefon. Er zögerte einen Augenblick, dann raffte er sich auf, ging noch mal zurück und hob ab.

»Jonas, HTWS Leipzig.«

»Na endlich, Sie sind ja schwer zu erreichen. Munz am Apparat. Man könnte fast meinen, Sie seien bereits unter-getaucht.«

»Wer den Schaden hat, braucht für den Spott nicht zu sorgen. Und den gibt es wohl seit neuestem auch von der Polizei.«

»Na, na. So war das nicht gemeint. Und außerdem gibt es gute Nachrichten. Nicht unbedingt für uns, aber für Sie.«

»So?«

»Also. Bei der Kripo in Cottbus ist ein Sozialarbeiter aufgetaucht, der einen Jugendlichen mitbrachte. Für unsere brandenburgischen Kollegen war der ganze Vorgang erst einmal unklar und verwirrend. Der Sozialarbeiter erklär-te, ein Kollege aus Jena habe sich an ihn gewandt mit der

Bitte, einen Jugendlichen aus der örtlichen Fan-Szene zu finden. Einen ›Spreekanaken‹, wie er sagte.«

»Das sind Fans von Energie Cottbus.«

»Bis das klar war, hat es einige Zeit gedauert und noch länger, bis deutlich wurde, dass der Junge, wohl ein ganz bunter Vogel, eine Aussage machen wollte. Und er hat eine gemacht, eine, die Sie entlastet.«

»Ist ja irre, einfach irre.« Die Stimme von Desiderius Jonas überschlug sich.

»Sie haben dem wohl geholfen, als man ihn im Stadion verprügelt hat.«

Jonas lachte. Aus Erleichterung und weil er sich an die clowneske Szene in dem Stadionpissoir erinnerte. »Der war mehr als nur im sprichwörtlichen Sinne in der Gosse. Der steckte im Urinal, und zwei politisch Andersdenkende prügelten auf ihn ein.«

»Also, lange Rede, kurzer Sinn, die Kollegen haben ein Protokoll aufgenommen, welches der Punk oder Fan oder was auch immer, unterschrieben hat. Das kommt zu den Akten. Welchen Stellenwert das haben wird, bleibt abzuwarten. Aber ich dachte, etwas Aufmunterung kann der Herr Professor sicherlich gebrauchen.«

»Sie meinen, ich bin damit aus dem Schneider?«

»Nein, das meine ich natürlich nicht. Das kann ich gar nicht meinen, schließlich betreibe ich meinen Beruf in aller Ernsthaftigkeit.«

»Trotzdem, vielen Dank.«

»Nichts zu danken, wünsche weiterhin frohes Schaffen.«

Nachdem Munz aufgelegt hatte, verließ Jonas zügig das Hochschulgebäude. Ganz in der Nähe hatte vor kurzem ein Italiener aufgemacht. Dort trabte er hin und bestellte sich zum Erstaunen des Kellners gleich einen ganzen Liter Roten, ehe er die Speisekarte studierte.

*

Es waren die schönsten Bilder dieser Weltmeisterschaft, wenn, als alles vorbei war, die, die vorher noch gezerrt und gezupft hatten, sich des Kontrahenten schweißgetränktes Trikot um den Leib wickelten, nicht wie einen Skalp, sondern voller Achtung für die Leistung des Unterlegenen. Berti ist nicht nur klein von Wuchs. Und die meisten seiner 22 Bertis sind hinabgestiegen in die Welt des Biedermanns, der die Brandstifter immer bei den anderen sucht ... Zum Lachen ist das nicht. Zum Weinen aber auch nicht. So ist es eben. Wir werden es ertragen müssen. Und in der Niederlage Größe zeigen. Ich schaff' es nicht. Ich bin ein Berti.«
(Jan Christian Müller)

Es war ein für die Jahreszeit viel zu kühler Sonntagnachmittag. Das erste Mal, seit er sich aufgrund der Ereignisse fast völlig aus der Öffentlichkeit des schwäbisch-fränkischen Waldes zurückgezogen hatte, ging Jonas auf den Sportplatz. Nicht nach Munzlingen natürlich oder nach Hinsbach, wo Antony Sabatake, der frühere Freund seiner Tochter, in der ersten Mannschaft spielte, und auch nicht nach Niederngrün. An jedem dieser Orte hätte er zu viele Bekannte getroffen, die ihn entweder mitfühlend oder hämisch, die allermeisten aber in der einen oder anderen Weise von Sensationsgier getrieben, angesprochen hätten. Wie es ihm denn gehe, hätten sie ihn gefragt. Was denn sein Fall mache? Man glaube an ihn. Man sei sicher, dass er unschuldig sei. Man kenne ihn ja. Bestimmt sei er unschuldig, jetzt, wo es schon die Spatzen von den Dächern pfeifen würden, dass es sich bei den Morden um Auswirkungen des Krankenhausskandals handle.

Und wenn er dann ein paar Schritte weitergegangen wäre, dann hätte Einer zum Anderen gesagt, er wäre doch irgendwie seltsam gewesen, so aufgesetzt freundlich, so zurückhaltend, wie Einer mit schlechtem Gewissen. Er hat mich ganz seltsam angesehen. Der kann dir nicht in die Augen schauen. Irgendwie doch Dreck am Stecken. Die armen Kinder. Die arme Frau. Komisch, dass der noch frei rumläuft. Ist der eigentlich gefährlich?

Jonas war nach Fichtenberg gefahren, wo er sich die unterklassige Begegnung zwischen der SK Fichtenberg und dem SC Fornsbach anschauen wollte. Es war das Spitzenspiel der Kreisklasse B, der Vierte gegen den Ersten, ein Nachholspiel, weshalb er hoffte, dass nicht allzu viele Zuschauer da sein würden. Ronny begleitete ihn. Der Junge war längst dem Alter entwachsen, in dem man aus freien Stücken den Vater auf den Sportplatz begleitet. Aber als Jonas ihn gefragt hatte, ob er mitgehen würde, hatte er zugesagt. Vielleicht war es Mitgefühl, vielleicht, und das hoffte Jonas, war es eine besondere Form von Sympathiebekundung.

Mühelos fand Jonas in der Nähe der Schule, die wie ein Riegel vor dem Fichtenberger Sportplatz lag, einen Parkplatz, Zeichen dafür, dass die Partie nur mäßig besucht war.

Er verschloss die eine Autotür, Ronny die andere. Jonas schlug den Kragen seiner Wetterjacke hoch, der Junge stapfte schweigend hinter ihm her. Das Spiel hatte eben begonnen, und man sah, dass die Fichtenberger voll zur Sache gingen, aggressiv, gewillt, die Partie gegen den Tabellenführer zu gewinnen.

Wie immer, wenn er auf einen Provinzsportplatz ging, führte ihn einer der ersten Wege in die »Wurst-Kurve«, dorthin wo es auf jeden Fall Rote und manchmal auch Bratwürste gab, oder gebratenen Schweinehals. Und bei den Türken gab's Döner. Alleine schon deshalb betrachtete Jonas im Gegensatz zu vielen anderen Zeitgenossen die ausländischen Mannschaften in den unteren Klassen als Bereicherung. Doch zu seinem Entsetzen wurde am verglasten Fichtenberger Wurststand nur Kaffee und Bier ausgeschenkt. Der Grill war kalt, weit und breit gab es keine roten Würste.

»Wir haben gedacht, das lohnt sich heute nicht. Da kämen eh so wenige«, sagte die alte Frau, die hinter dem Stand bediente.

Dass dies ein schlechtes Zeichen war, wurde wenige Minuten später offensichtlich. Nach einem Sturmlauf der Gastgeber zog einer ihrer schnellen Stürmer aus vollem Lauf ab. Röhm, der gute Fornsbacher Torhüter, konnte den Schuss noch parieren, doch gegen den Nachschuss eines mitgelaufenen Spielers war er machtlos. Der Fichtenberger jagte die Kugel aus kürzester Distanz hoch in die Maschen.

»Scheiße.«

Ronny lachte. Frierend hüpfte er von einem Bein aufs andere. »Ist doch klar, dass die verlieren, wenn du keine Wurst kriegst.«

»Ja, was machst denn du da?« Ohne dass Jonas es bemerkt hatte, war Gotthilf Bröckle hinter ihn getreten. Den hatte eine langjährige Sympathie für die SK Fichtenberg dazu bewogen, trotz des miserablen Wetters den Sportplatz der ganz am Kreisende gelegenen Nachbargemeinde aufzusuchen.

Jonas freute sich über das Erscheinen des Alten. »Das könnte ich dich auch fragen.«

»Heute wird Fornsbach gerupft.«

»Wart's mal ab.«

Wortlos betrachteten die beiden die nächsten Spielzüge, die deutlich mehr Anlass für das Zutreffen der Bröckleschen Prognose gaben. Die Fichtenberger spielten bissiger und waren mit schnellem Kontern, die meist über rechts vorgetragen wurden, brandgefährlich. Die Fornsbacher fanden nicht zu ihrem Kombinationsspiel, ließen sich deshalb umso leichter zu unnötigen Fouls provozieren.

Als der Schiedsrichter zur Halbzeit pfiff, zupfte Bröckle seinen Freund am Ärmel. »Komm, lass uns ein paar Schritte gehen.«

Gemächlich trotteten sie über die matschige Aschenbahn

und kreuzten dabei den Weg der verschwitzen Spieler, die in die Kabine strebten. Jonas grüßte den alten Holzwarth, der vor gut zwei Jahren das legendärste aller Fornsbacher Tore geschossen hatte, eines, das nach vierzig Jahren erstmals zum Aufstieg führte. Mittlerweile hatte dieser die Fußballschuhe an den Nagel gehängt.

Als sie die Mittellinie erreicht hatten, blieb Bröckle stehen. Ein Nieselregen hatte eingesetzt, die wenigen Zuschauer strebten in unterschiedlicher Geschwindigkeit unter das freitragende Vordach, das an der Längsseite des Platzes Schutz gewährte.

Jonas brach das Schweigen. »Hast du dir mal angeschaut, was ich dir geschickt habe?«

»Du meinst die Internet-Recherche?«

»Genau die.«

»Ja, es hat mich auf eine Idee gebracht. Ich weiß nur noch nicht, ob es wirklich hinhaut. Hast du inzwischen sonst noch was gefunden?«

»Bei der Polizei gibt es eine ›Zentrale Informationsstelle Sporteinsätze‹, die sammelt bundesweit die wichtigsten Informationen über gewalttätige Fußballfans.«

»Werten die auch die Filme aus, die zur Kontrolle in den Stadien aufgenommen werden?«

»Klar.«

»Besorg mir mal die Telefonnummer.«

»Ich weiß, wie du die kriegen kannst. Aber zu was brauchst du die?«

Bröckle wiegte bedächtig den Kopf hin und her und lächelte verschmitzt. »Abwarten. Ich bin mir noch nicht sicher. Aber ich hab' da so eine Idee.«

»Was für eine Idee?«

»Abwarten, habe ich gesagt.«

Die zweite Halbzeit hatte begonnen. Langsam beendeten die beiden ihre Runde um den holprigen Sportplatz. Als Jonas den Dreck von den Schuhen am nassen Unkraut an der Spielfeldumrandung abstreifte, wurde der Fornsbacher Mittelstürmer aufgrund eines überflüssigen Fouls vom Platz gestellt.

»Aus und vorbei«, sagte Bröckle.

»Ich glaube, du hast Recht. Ein ganz schlechter Tag ist das heute, ein ganz schlechter Tag.«

»Kopf hoch, Jonas, böse Buben schlagen sich durch. Im nächsten Frühjahr scharen sich wieder alle bewundernd um deine weiße Weste, und die Fornsbacher werden Meister.«

»Dein Wort in Gottes Ohr, Bröckle. Dein Wort in Gottes Ohr.«

*

»So roll ich denn für Euch auf diese Weise? Habt ihr mich denn für einen Fußball? Ihr tretet mich von dort nach hier, und er, er tritt mich dann von hier nach dort. Wenn ich in diesem Dienst verharren soll, so müsst ihr mich in Leder kleiden.« (»Komödie der Irrungen«, Shakespeare 1592)

»Wir haben die Filme mehrfach gesichtet, dabei allerdings nichts Auffälliges feststellen können. Das ist unbedeutendes Material, Filme, wie sie von den Beobachtern bei jedem Bundesligaspiel gemacht werden, um die Hooligan-Szene zu überwachen und Störer zu identifizieren.«

Munz begrüßte Bröckle und Jonas mit Handschlag und wies sie in einen kleinen Raum im zweiten Stock des Häller Polizeipräsidiums. Neben einigen Stühlen und zwei kleinen Tischchen war ein Videorecorder aufgebaut. Bröckle hatte darauf bestanden, dass ein Großbildschirm besorgt wurde.

»Tag, Munz«, grüßte er seinen Ex-Kollegen, »mir ist wichtig, dass der Sider sich die Filme anschaut.«

»Wenn's der Wahrheitsfindung dient. Im übrigen wurde das Material sofort nach den Morden auch von den Kollegen ausführlich gesichtet.«

»Ich wusste gar nicht, dass du als Polizeibeamter Worte eines Linksradikalen in den Mund nimmst.«

»Was meist du damit?«

»Na, ›wenn es der Wahrheitsfindung dient‹ hat doch damals der Teufel vor Gericht gesagt.«

»Welcher Teufel? Der Ministerpräsident? Wann war denn der vor Gericht? Ach, ich weiß, die Geschichte mit seinem Bruder. Betrügerischer Konkurs oder so was ähnliches.«

»Nein, nein, der Fritz Teufel, damals in Berlin.«

»Ist ja gut, lass uns endlich anfangen.« Munz wurde ungeduldig, was er mit einem Blick auf die Armbanduhr demonstrierte.

Schuster, der etwas ungelenk wirkende Assistent des Hauptkommissars, kam aus dem benachbarten Büro, grüßte flüchtig und verdunkelte den Raum soweit, wie dies mit dem schäbigen Vorhang möglich war, der traurig und verschlissen vor dem Fester hing und ohne weiteres dazu geeignet schien, in einem Film, der in den fünfziger Jahren spielte, als Requisite eingesetzt zu werden.

Als Schuster dann das erste der beiden Videodokumente abzuspielen begann, beugte sich Bröckle konzentriert nach vorne. Mit großer Beharrlichkeit hatte er Munz solange bedrängt, bis dieser die Aufzeichnungen organisiert hatte, die seinerzeit von den zuständigen Beamten routinemäßig während der Begegnungen Karlsruher SC - Hamburger SV und Energie Cottbus - FC St. Pauli erstellt worden waren. Es waren keine Fußballberichte, sondern Filme, die ausschließlich die realen oder vermeintlichen Hard Core Fans und deren Verhalten im Stadion dokumentierten. Das Filmmaterial ergänzte gelegentlich die Einsatzberichte der Szenekundigen Beamten und wurde immer dann herangezogen, wenn Gewalttäter zu ermitteln waren. Das Besorgen der Filme hatte natürlich einige Zeit gedauert, wobei die Brandenburger Kollegen deutlich schneller waren als die Badener.

Schuster hatte die Vorführung bereits soweit vorbereitet, dass nach einem kurzen Vorspann, der die Mitglieder
der Karlsruher Fanclubs »Kampftrinker« und »Badenon-
kelz« festhielt, die Sequenz folgte, welche den ermordeten Wanner unter den Fans des Hamburger Sportvereins
zeigte. Schuster betätigte die Slow-Motion-Taste, was dem
rhythmischen Klatschen der Supporter und dem Schwen-
ken der Vereinsfahnen eine merkwürdig unnatürliche Wirkung verlieh. Wanner stand ruhig zwischen den anderen
Zuschauern. Einmal blickte er auf die Uhr, dann zündete
er eine Zigarette an.

Als ein Schwenk in einen anderen Sektor vorgenommen
wurde, hielt Schuster den Film an. »Da ist nichts drauf, was
uns weiterbringt.«

»Lassen Sie es bitte nochmals laufen«, bat Jonas.

Nach der zweiten Sichtung legte der Beamte schweigend
die andere Kassette ein, die nur wenige Bilder vom Fange-
schehen während des Spiels Energie Cottbus gegen den FC
St. Pauli enthielt.

»Die Brandenburger waren fleißig und haben bereits
Vorarbeit geleistet«, erläuterte Munz.

Man sah einen Ausschnitt, auf welchem das zweite
Mordopfer gut zu erkennen war. Kathi Jungpaulus stand
lachend inmitten einer Truppe bunt kostümierter Fans des
FC St.Pauli. Einige schwenkten ihre Piratenwimpel. Mehr
war nicht zu sehen. Wie im ersten Fall war der spätere Zusammenbruch des Opfers nicht erfasst.

»Nichts.« Munz hatte die Fernbedienung übernommen
und ein Standbild eingestellt, welches das spätere Opfer
deutlich zeigte.

Jonas hob und senkte schweigend und mit einer Geste
des Bedauerns die Schultern.

Bröckle nahm seine Nase zwischen beide Hände. Dann
sah er Munz an und fragte: »Habt ihr einen zweiten Recorder im Haus?«

»Wieso denn das?«

»Ich würde mir gerne mal beide Filmausschnitte parallel anschauen.«

Munz zögerte einen Augenblick, dann wandte er sich an seinen Assistenten. »Schuster, haben wir noch ein zweites Gerät?«

Der Angesprochene blies heftig beide Backen auf, ehe er antwortete. »Ich glaube nicht.«

»Schuster, glauben heißt immer noch und ganz besonders heute: nicht wissen.«

»Ich glaube ... ich bin mir darin sicher, dass wir kein zweites Gerät haben.«

»Drüben in der Fischergasse ist ein Fernsehgeschäft. Ich kenne den Inhaber.« Bröckle war aufgestanden und machte Schuster ein Handzeichen, ihm zu folgen.

Aufgeregt kam der Alte wenige Minuten später zurück. Er trug eine kleine und der nach ihm eintretende Schuster eine große Schachtel. Rasch hatten die vier Männer einen weiteren Bildschirm und das zweite Videogerät aufgebaut, in welches Munz die zuerst abgespielte Kassette schob. Beide Filme wurden nun jeweils an den Stellen im Standbild angehalten, die die Opfer am deutlichsten zeigten.

Bröckle sprang plötzlich auf. »Ja jetzt leck' mi no am Arsch.«

Die anderen sprangen ebenfalls von ihren Stühlen auf.

Bröckle zeigte mit einem Bleistift auf eine Person, die zwei Reihen hinter Wanner zu sehen war. »Der hier ist auf beiden Filmen drauf.« Er ging zum zweiten Gerät hinüber. In der Tat war auch hier dieselbe Person zu sehen. Sie trug merkwürdige Kleidung. Markant und auf beiden Standbildern gut zu sehen war eine graue Melone, an deren Krempe an der hinteren Hälfte gelb-grüne Fransen angeklebt waren. Der Unbekannte trug in beiden Fällen ein Trikot der brasilianischen Nationalmannschaft. Das Gesicht war bis zur Unkenntlichkeit in den Farben Brasiliens geschminkt.

»Tatsächlich«, sagte Schuster, der gebückt vor den beiden Abspielgeräten auf und ab hüpfte.

»Na also, verdammter Scheiß«, brach es in großer Lautstärke aus Jonas heraus, »das zeigt doch, dass ich es nicht gewesen sein kann.«

»Gemach, gemach«, sagte Munz kühl. »Das heißt noch gar nichts. Und außerdem, das können schließlich auch Sie sein. So eine Maskerade ist schnell angelegt und fällt im Tollhaus eines Stadions kaum auf.«

Jonas wollte erneut aufbrausen, als ihm Bröckle energisch die Hand auf den Arm legte. »Munz, mach mir bitte zwei gut vergrößerte Fotos, ich habe den Kerl da schon mal irgendwo gesehen. Und für den Jonas«, er blickte mit schalkhaft glitzernden Äuglein zu seinem Freund hinüber, »für den Herrn Jonas ist der hier eindeutig zu schmal.«

Schuster lachte meckernd und nickte, nachdem er noch mal von einem Gerät zum anderen gehüpft war. Keck sagte er zu seinem Chef: »Außerdem geht das mit dem Abschminken nicht so schnell.«

»Und? Kennst du ihn?« fragte Munz und sah dabei Bröckle an, ohne auf die Bemerkung Schusters einzugehen.

»Noi.«

*

»Mit dreißig, schrieb Franz Kafka, sei man alt. Mit diesem Satz wäre Kafka heute ein klasse Sportreporter und könnte sich dem Lamento früh vergreister Kommentatoren anschließen, die das deutsche Team 98 als ›Saurier‹ (Der Standard, Österreich), ›gebrauchte Spieler‹ (Corriere della Sera, Italien), ›steinalte Fußballer‹ (L'Equipe, Frankreich) oder ›Seniorentruppe‹ (BILD, Deutschland) schmähen. Allerdings müsste Kafka, diese segelohrige Ikone mysteriöser Jugendlichkeit, dafür seine hauchzarte Ironie ablegen. Dann könnte er ähnlich senil wie ZDF-Reporter im glei-

chen Atemzug von 28-jährigen Hooligans als ›gewalttäti-gen Jugendlichen‹ sprechen.« (Michael Ringel)

Gotthilf Bröckle hatte schlechte Laune. Bislang vergebens grübelte er darüber nach, wer das auf dem Bild sein könnte. Der Rücken schmerzte immer noch. An Tennis war nicht zu denken. Und schon gar nicht an Skifahren, auch nicht im nächsten Winter. Hatte zumindest der Arzt gesagt. Im Wohnzimmer war es dunkel geworden. Die Tage wurden bereits merklich kürzer. Bröckle wühlte sich aus dem Sessel und schlurfte hinüber zum Lichtschalter. Mit einem kräftigen »Hergottsack« streckte er sich auf dem Sofa aus. Vom Tisch nahm er einen der beiden Abzüge, die neben der Fernbedienung des Fernsehers lagen. Er sah sich bereits zum wiederholten Mal den »Brasilianer«, wie er ihn nannte, an. Die Gesichtszüge waren stark verschwommen. Aber Bröckle war sich ziemlich sicher, dass er ihn auch nicht erkennen würde, wenn das Bild gestochen scharf ausgefallen wäre.

»Besser geht es nicht von einem Videofilm«, hatte Munz gesagt. »Nicht einmal dann, wenn der Film noch professioneller gemacht ist. Das hier ist Routine. Filme aus dem Alltag polizeilicher Überwachung. Die meisten davon werden nach einiger Zeit gelöscht, nachdem man sie ein einziges Mal gesichtet hat.«

Er nahm das andere Bild. Das »St.-Pauli-Bild«, wie er es nannte. Hier war die Person deutlich schlechter zu erkennen, der Abstand der Kamera zum Objekt war erheblich größer gewesen. Immerhin konnte man sehen, dass die Aufmachung die gleiche war. In der Hand hatte der Mann – es handelte sich mit großer Wahrscheinlichkeit um einen Mann, und nicht um eine Frau – einen Gegenstand. Vielleicht einen Regenschirm. Oder ein Lärminstrument. Eventuell eine Fanfare.

»Wenn ich bloß wüsste, wo ich den schon mal gesehen

habe«, murmelte Bröckle.

Mit Hilfe der Fernbedienung machte er den Fernseher an und zappte durch die bunte Welt der Vorabendprogramme. Im Ersten kam »Marienhof«. Ein mäßig begabter Schauspieler mit Niemandsgesicht mimte einen jungen Ehemann, der mit einer extrem dicken jüngeren Frau frcmdging. Und wieder nahm das Drama seinen Lauf. Bröckle zappte weiter.

»Lass doch mal«, rief eine fröhliche Stimme.

Unbemerkt von ihm war Sabine, seine jüngste Tochter, eingetreten, die, seit sie mit ihrem Freund zusammengezogen war, nur noch selten nach Hause kam. »Tag, Paps«, sie gab ihm einen kräftigen Kuss auf die Wange, »lass doch mal den ›Marienhof‹, das ist so knuddelig.«

»Mist ist das«, knurrte Bröckle.

»Immer noch besser als die ganze Zeit Fußball.«

»Ignorantin.« Bröckle lachte versöhnlich. Seiner Jüngsten konnte er am allerwenigsten einen Wunsch abschlagen. Er zappte noch ein bisschen, dann ließ er den »Marienhof«.

Er hörte, wie die Wohnungstür aufgeschlossen wurde. Eva, seine Frau, kam vom Einkaufen aus Munzlingen zurück. Schwer trug sie unter der Last verschiedener Taschen und Tüten.

»Wie wär's, wenn du mir mal was abnehmen würdest? Ein bisschen beim Auspacken helfen kannst du mir mit deinem Kreuz schon noch. Ach«, ihre Miene hellte sich sichtbar auf, »Grüß Gott, Sabine.«

»Tag, Mama.«

Ernst wandte sich Eva Bröckle wieder an ihren Mann. »Ein bisschen könntest du mir schon zur Hand gehen. Das hat dir der Arzt bestimmt nicht verboten.«

Bröckle stand murrend auf und folgte seiner Frau hinunter zum Auto, in dem sich noch einige Taschen sowie zwei Getränkekisten befanden, welche ins Haus gebracht werden mussten.

»Die Kisten nehmen wir zu zweit.«

»Wenn's sein muss.«

»Du bist aber ganz schön grantig.«

»Ich bin doch nicht grantig.«

»Freilich bist du grantig. Ist dir eine Laus über die Leber gelaufen?«

Der Alte schwieg, erledigte wortlos die gestellten Aufgaben und ging zurück ins Wohnzimmer, wo seine Tochter noch immer damit beschäftigt war, sich über die neusten skandalösen Verwicklungen der »Marienhof«-Akteure auf dem Laufenden zu halten.

Bröckle nahm zum x-ten Male die Bilder des »Brasilianers« vom Couchtisch und starrte schweigend auf die mattglänzenden Abzüge. Eva kam ins Zimmer, setzte sich neben ihn und besprach mit Sabine einige Belanglosigkeiten. Dann sah sie ihren Mann an, der immer noch schweigend auf die Fotos starrte.

»Ach, deshalb ist der Herr so schlecht bei Laune. Er kommt in seinem Fall nicht weiter.«

»Das ist doch nicht mein Fall.«

»Dafür investierst du aber ganz schön viel Zeit.«

»Immerhin ist der Sider unser Freund.«

»Ich denke, der ist aus dem Schneider?«

Bröckle murmelte Unverständliches, was sich wohl artikuliert ausgesprochen wie »Runzlige Bißgurk'n« angehört und in diesem Fall nicht zum Familienfrieden beigetragen hätte. Da gerade der Abspann von »Marienhof« begonnen und Sabine mithin die tägliche Dosis Soap Opera genossen hatte, wandte sich Eva Bröckle forsch an ihre Tochter.

»Komm, Kind, wir gehen in die Küche. Der Herr muss denken. Da stört das einfache Volk bloß.«

Sabine folgte ihrer Mutter lachend aus dem Wohnzimmer, nicht ohne ihrem Vater noch schalkhaft zuzuwinken.

Bröckle schaltete den Fernseher ab und griff zur Tageszeitung. Der »Munzlinger Anzeiger« hatte heute wenig zu bieten. Den Mantelteil hatte er bereits beim Frühstück gelesen. Also blätterte er den dünnen Lokalteil durch, der im Leitartikel davon berichtete, dass sein alter Sportsfreund, der SPD-Fraktionsvorsitzende Rudolf Sperling in einer öffentlichen Versammlung die Vorgänge am Munzlinger Krankenhaus relativierte.

»Heimatstadt, in der es sich lohnt zu leben

Trotz angespannter Kassenlage können wir für die Bevölkerung ein gut ausgestattetes Krankenhaus bereithalten. Die Akzeptanz dieses Angebotes hat zwar in jüngster Zeit durch bedauerliche Vorgänge gelitten. Was man heute braucht, ist Geduld. Und wir brauchen Anstrengungen für ein neues Betriebsklima. Der Chef von BMW, Pischetsrieder, hat einmal gesagt, starres Kostendenken verhindert Innovationen. Die Überlegenheit besteht in der systematischen Einbindung der Beschäftigten in Planungs- und Optimierungsaufgaben ...«

Vorausgesetzt, die Beschäftigten kommen nicht vorher ums Leben, dachte Bröckle und musste plötzlich lachen. Genüsslich betrachtete er die auf dem Zeitungsfoto gut erkennbare schlecht gebundene Krawatte seines früheren Sportkameraden, der lange für den VFL Munzlingen am Ball gewesen war, während er selbst in Niederngrün die Kickstiefel geschnürt hatte. Alte Erinnerungen kamen auf. An die Zeit, in der gute Spieler mit einigen Briketts zu anderen Vereinen gelockt worden waren. An die abenteuerlichen Fahrten zu Auswärtsspielen. Der Transport auf der offenen Pritsche eines Lastwagens war schon fast Luxus. In der Regel fuhr man mit dem Fahrrad. Oder ging zu Fuß und kam dann schon erschöpft auf den Sportplätzen der gastgebenden Mannschaften an, ganz besonders im Sommer, wenn die Spieler ihre Energie schon vor dem Anpfiff herausgeschwitzt hatten. Und noch erschöpfter waren die

Kicker, wenn sie sich von den Temperaturen dazu hatten verleiten lassen, den Marsch durch die Dörfer zu unterbrechen, um bei den Bauern noch einen Most zu trinken. Oder zwei. Oder drei.

Und während er noch so an die alten Zeiten und an Sperling dachte, da wusste er plötzlich, wo er den »Brasilianer« schon mal gesehen hatte.

*

»Die Geschichte des Fußballs ist eine traurige Reise von der Lust zur Pflicht.« (Eduardo Galeano)

Desiderius Jonas saß mit seiner Begleiterin in einem kleinen Hotel in Teplice beim Frühstück. Zur letzten Tasse Kaffee zündete er sich eine Zigarette an.

»Ich denke, du wolltest das Rauchen aufgeben.«

Die blonde Frau stieß den Rauch ihrer Zigarette aus. Sie war einige Jahre älter, als sie aussah. Jonas hatte Vera Svetlavska 1994 kennengelernt, als er im Rahmen der Zusammenarbeit des tschechischen Sozialministeriums mit deutschen Dienststellen und sozialen Vereinigungen in Kompaktseminaren Streetworker ausbildete, die aufgrund der dramatisch zunehmenden Drogen- und Aidsproblematik in der Arbeit mit männlichen und weiblichen Prostituierten eingesetzt werden sollten. Da es den Beruf des Streetworkers in Tschechien nicht gab, wurde mit Hilfe deutscher, englischer und niederländischer Multiplikatoren ein Kurzausbildungsprogramm durchgezogen, an dem Interessenten aus ganz unterschiedlichen Berufen teilnahmen. Ein großer Teil waren Frauen, und eine der engagiertesten war Vera Svetlavska gewesen. »Crash-Kurse«, hatte Jonas damals gesagt, allerdings hatte er dann doch mitgewirkt, allein schon deshalb, weil zu erwarten war, dass etwas Abenteuerromantik das ansonsten wohlgeordnete Berufsleben eines Hochschullehrers durchsetzte. Vera Svetlavska hatte nicht gezögert, ihn bei der Suche nach Strichern zu begleiten, die eventuell die Person kannten, deren Bild er ihnen vorlegte.

»Du hast uns beigebracht, dass wir als Streetworker möglichst nicht mit der Polizei zusammenarbeiten sollen, aber du bist ja nicht von der Polizei. Außerdem ist es ja die freie Entscheidung der Jungs, ob sie dir etwas sagen oder nicht.«

Jonas nickte.

»Wie kommst du eigentlich auf die Idee, ausgerechnet hier jemanden zu suchen?«

»In Munzlingen, meiner Heimatstadt, wurde einer dieser Jungs ermordet. Der war hier, wenigstens vorübergehend.«

»Wieso soll der ausgerechnet von hier gewesen sein? Die kommen doch von überall her.«

»Er hat das ein paar Mal in einer Kneipe erwähnt.«

»Und du willst das aufklären? Das ist doch Sache der Polizei.«

Jonas schüttelte den Kopf. »Nein, darum geht es nicht.«

»Um was dann?«

»Mal sehen.«

Vera Svetlavska runzelte die Stirn. »Also dafür, dass ich dir meine Zeit opfere, tust du ganz schön geheimnisvoll.«

Die E 55, die von Dresden über Lovosice und in der Nähe von Melnik nach Prag führte, war, wie auch die E 50 zwischen der bayerischen Grenze und Pilsen, seit dem Fall des eisernen Vorhangs ein Zentrum meist illegal organisierter Prostitution. Nachtclub reihte sich an Nachtclub, ein Bordell folgte dem anderen. Dazwischen tobte der Krieg der etablierten Nutten und Zuhälter gegen die immer zahlreicher werdenden Neuankömmlinge. Die meisten Freier kamen aus Deutschland. Auf diesen Straßen, den »Straßen der Schande«, wie die Einheimischen sie nannten, hatten sich Ost- und Westdeutsche zügig lüstern vereinigt.

Vera Svetlavska war früher Sportlehrerin und Leichtathletiktrainerin gewesen. Doch mit dem politischen System brach auch die wohlausgestattete Sportförderung zusammen. Ganze Trainerstäbe waren entlassen worden. Jetzt arbeitete sie vorwiegend mit männlichen Prostituierten. Es waren hübsche Jungs, die aus den ärmeren Gegenden Tschechiens oder der Slowakei stammten. Auch junge Russen, Ukrainer und Rumänen waren darunter. Doppelt illegal. Tätig in einem verbotenen Gewerbe und zusätzlich ohne Aufenthaltsgenehmigung.

»Was soll's«, sagten die Jungs, »hier verdiene ich in einem Monat mehr als mein Vater zu Hause in einem ganzen Jahr.« Viele von ihnen nahmen, wie auch zahlreiche weibliche Prostituierte, sexuelle Kontakte ohne Kondom in Kauf, weil das zehn, zwanzig, manchmal fünfzig Mark mehr brachte. Viele nahmen nach kurzer Zeit Drogen.

»Mir macht das nichts aus«, sagten die Jungs, »ich werde nicht süchtig. Was mit den anderen passiert, ist nicht mein Bier. Die waren einfach zu schwach.«

»Jetzt sind wir schon den dritten Tag unterwegs und haben noch nichts erreicht. Ich kann dich heute noch begleiten, aber dann muss ich wieder nach Melnik zurück.«

»Ich denke, wir sollten nochmals nach Dubi fahren.« Svetlavska stieß nachdenklich den Rauch ihrer Zigarette aus. »Also gut. Heute noch mal Dubi.«

Dubi war vormals eine kleine Industriestadt. Sie war schön gelegen, am Fuße des nordböhmischen Erzgebirges. Nach dem Zusammenbruch des Ostblocks wurden viele der Fabriken unrentabel. Die Arbeitslosigkeit stieg mit der gleichen Geschwindigkeit wie die Zahl der »Kurvas«. »Kurva« nannten die Einheimischen die Prostituierten. Die Stadt hatte mittlerweile an die fünfzig Nachtclubs, die illegalen Etablissements sowie die Bordelle nicht mitgerechnet.

Jonas hatte Mühe, im Zentrum einen Parkplatz zu finden.

Auch tagsüber standen die Nutten auf dem Straßen- und Autostrich. Da er aber in weiblicher Begleitung war, wurde er nur selten angesprochen. Eine forderte ihn in gebrochenem Deutsch auf: »Nimm doch was Jüngeres, mein Bärchen.«

Jonas gab keine Antwort. Vera reagierte nicht auf die Provokation.

»Bist wohl ein Perverser, der es nur mit alten Weibern treibt«, schimpfte die Hure.

Vera sagte etwas auf Tschechisch, die andere verstummte.

»Was hast du zu ihr gesagt?«

»Ich habe ihr den Namen des Mannes genannt, der sie heute Nacht aus dem Verkehr zieht, wenn sie nicht das Maul hält.«

»Und?«

»Hast du ja gesehen. Der Typ ist ihr offensichtlich ein Begriff.«

»Du bist ganz schön hart geworden. Früher wolltest du den Prostituierten helfen, wieder ein normales Leben zu führen.«

»Entweder du passt dich der Realität an, oder du gehst spätestens nach einem halben Jahr. Oder du arbeitest weiter, weil du keine andere Arbeit hast und gehst dabei vor die Hunde.«

Sie durchstreiften die Straßen, die Vera bestens kannte. Dubi war nicht mehr ihr Einsatzgebiet, aber sie war oft hier, um neue Kolleginnen und Kollegen einzuarbeiten und bei Konflikten zu beraten. Vera überließ es Jonas, die Jungs zu fragen. Niemand kannte die Person, deren gut erkennbares Zeitungsfoto er ihnen vorlegte, auch dann nicht, wenn er zwischen Daumen und Foto einen Fünfzigmarkschein klemmte. Einzelnen fiel dann zwar plötzlich etwas ein. Doch die kritischen Fragen, die Vera auf Tschechisch oder auf Russisch stellte, ergaben sehr rasch, dass die Jungs blufften, um an das Geld zu kommen.

Es dunkelte bereits, als sie in eine kleine Gasse einbogen, die vom Marktplatz wegführte. Hier standen zwischen hässlichen Neubauten aus den siebziger Jahren auch einige schöne Jugendstilhäuser, von denen aber nur wenige renoviert worden waren. Nicht selten waren auf dem abplatzenden Putz noch Reste von Firmennamen und anderen Inschriften zu erkennen, die aus den zwanziger und dreißiger Jahren stammten. Manche waren sogar noch älter. In dieser Gasse gab es auffällig viele leere Schaufenster. In einigen Vorgärten standen schmälere, ebenfalls leere Glaskästen.

»Wurden hier viele Geschäfte aufgegeben?« fragte Jonas seine Begleiterin.

Vera schüttelte lachend den Kopf.

»Nein, nein, das bedeutet etwas völlig anderes.«

»Was denn?«

»Hier werden Geschäfte gemacht, ganz moderne Geschäfte.« Spöttisch sah sie ihn von der Seite an.

»Was für Geschäfte?«

»Wenn es regnet oder kalt ist, stehen die Frauen in diesen Kästen.«

»Du meist, die werden hier ausgestellt?«

»So kann man das sehen.«

»Scheiß Verhältnisse sind das.«

»Ein altes böhmisches Sprichwort lautet: Die einen verdienen ihr Geld im Liegen, die anderen stehen sich am Waschtrog die Beine in den Bauch. Sagen wir einfach, das hier sind die hässlichen Seiten der Freiheit.« Um Vera Svetlavskas Mund legte sich ein herber Zug.

Während der Teil der Gasse, der dem Marktplatz zugewandt war, von Huren dominiert wurde, gab es im oberen Teil, dem sie sich nun näherten, deutlich mehr Stricher. Vera hatte nun endgültig die Initiative an sich gerissen. Vielleicht wollte sie die Fragerei endlich hinter sich bringen. Und als sie einen Jüngeren mit strunzblonden Haaren mit dem Foto in der Hand ansprach, sagte dieser etwas auf Tschechisch.

»Er kennt ihn«, sagte Vera auf Deutsch und blickte Jonas mit einem leisen Lächeln an.

»So, er kennt ihn.«

Der Junge sagte wieder etwas auf Tschechisch. Dann wandte er sich zu Jonas: »Ich sprechen Deutsch. Ein bisschen.«

»Ist der öfters da?«

»Was gibt es Geld? Kleine Belohnung.« Der Junge lachte verschmitzt.

Jonas zog einen Fünfzigmarkschein aus der Brieftasche.

»Ist nicht genug. Hundert.«

»Na hör mal. Woher soll ich wissen, dass du nicht bluffst?«

»Ich weiß Namen.«

»Wieso weißt du seinen Namen? Die Kunden nennen doch ihre Namen nicht.«

»Der war öfter hier. Hat seinen Namen im Hotel angegeben.«

Jonas wedelte mit einem Hunderter.

»Und wie heißt er?«

»Oskar.«

»Pah, Oskar, der heißt nicht Oskar.«

»Doch, heißt Oskar. Oskar Punz.«

»Das ist dreist.«

»Was ist dreist?« fragte Vera Svetlavska.

»Der Junge sagt die Wahrheit. Aber der hier«, Jonas zeigte auf das Foto, »der heißt nicht Oskar Punz. Oskar Punz heißt der Bürgermeister von Munzlingen. Und der hier«, Jonas zeigte mit einer heftigen Handbewegung ein weiteres Mal auf das Bild, »geht unter dem Namen eines politischen Gegners auf den tschechischen Kinderstrich. Das ist dreist. Tolldreist.«

*

»Krisenzeiten sind die Zeiten, in denen auch Berti Vogts die Stirn in Falten legt.« (Der Spiegel)

Etwas außer Atem näherte sich Bröckle dem klassizistisch gehaltenen Eingang des feudalen Hauses. Er ließ einen steil ansteigenden Kiesweg hinter sich, der vom schmiedeeisernen Tor eines gepflegten Gartens zum Portal führte. Er verharrte einen winzigen Augenblick am Ende des Weges, dabei stützte er sich mit der linken Hand auf eine kleine futuristische Plastik, die offensichtlich aus feinstem Carrara-Marmor herausgearbeitet worden war. Das Material fühlte sich gut an. Bröckle grübelte darüber nach, was das harte Steingebilde darstellen sollte.

»Schön, nicht?« Rudolf Sperling war vor das Haus getreten. »Es freut mich sehr, dass du auch einmal den Weg zu mir findest.« Der Sprecher blickte dem Ankömmling freudig entgegen und entblößte dabei zwei markante Reihen unregelmäßiger Zähne, die gelb waren wie altes Elfenbein.

Rudolf Sperling hatte sich mit dem Kauf dieses imposanten Hauses am Munzlinger Hangberg einen alten Jugendtraum erfüllt. Aus kleinen Verhältnissen stammend, hatte er sich, immer in ganz besonderer Weise das altpietistische Prinzip des gegenseitigen Gebens und Nehmens achtend, Stück für Stück nach oben gearbeitet. Besondere Gültigkeit hatte für ihn dieses Prinzip auch in seiner Funktion als Vorsitzender der Munzlinger SPD-Gemeinderatsfraktion. »Leben und leben lassen«, sagte er hin und wieder in erregten Gemeinderatsdebatten, was einstmals Jonas, als auch er noch diesem Gremium angehörte, mit den Worten gekontert hatte: »Brot für die Welt, aber die Wurst bleibt hier.«

Seit einigen Jahren lebte er, nachdem die erwachsenen Kinder schon längst eigene Hausstände gegründet hatten, zusammen mit seiner umtriebigen Frau in einem der herrschaftlichen Häuser seiner Heimatstadt, auf welche er schon als Kind, das aus bescheidenen Verhältnissen stammte, sehnsüchtige Blicke geworfen hatte.

»Grüß dich Gott, Rudi.« Bröckle war immer noch außer Atem. »Schön hast du's hier, aber auch ganz schön anstrengend ist der Weg hier hoch.«

»Komm doch erst mal rein.« Sperling geleitete seinen Gast in ein kleines Gartenzimmer, das mit seiner ebenerdigen Lage gut dazu geeignet war, Besucher zu empfangen. »Soll dir meine Frau einen Kaffee kochen?«

»Danke, Rudi, ich habe schon Kaffee getrunken.«

Während sich der Alte auf den zugewiesenen Platz setzte und sich in dem hellen, hübsch eingerichteten Raum umsah, brachte Sperling zwei Weingläser, die er einer schlanken Glasvitrine entnommen hatte.

»Ein Viertele Roten kannst du aber vertragen.«

»Freilich.«

Als Rudolf Sperling die Flasche, die er zuvor prüfend gegen das Licht gehalten hatte, mit ruhigen Bewegungen entkorkte, blickte er seinen Gast fragend an. Er kannte den alten Bröckle seit vielen Jahren, so wie sich alte Fußballer kennen, die seit Jahrzehnten in der gleichen Gegend aktiv Fußball gespielt und danach innerhalb und außerhalb ihrer Vereine noch mancherlei Funktionen eingenommen haben. Zwei alte Kämpfer zum Wohle des Fußballsports. Obwohl Sperling einige Jahre älter war als sein Gast, hatten sie noch einige Male gegeneinander gespielt. Dabei waren sehr unterschiedliche Charaktere aufeinander getroffen. Sperling genoss den Ruf, ein filigraner Techniker gewesen zu sein, ausgestattet mit einem sehr guten Auge und entsprechendem Gefühl für den langen Pass. Wenn man so will, fast eine Art Vorläufer von Günter Netzer. Bröckle hingegen war ein Schlitzohr, von der Spielanlage eher ein Zerstörer, aber einer, der sich hin und wieder zur großen Überraschung der gegnerischen und gelegentlich auch der eigenen

Spieler mit technischen Zaubereien in das Angriffsspiel seiner Mannschaft einschalten konnte. Hätte man damals schon von Maradona gewusst, hätte man Gotthilf Bröckle gewiss »Grüntal-Diego« getauft.

Sperling hatte die beiden Gläser fast randvoll gefüllt. Vorsichtig nahm er das ihm näherstehende und hob es seinem Gast entgegen. »Prosit, Gotthilf.«

Der Angesprochene kostete mit kleinen Schlucken. »Prosit, Rudi. Da hast du aber ein gutes Tröpfchen.«

»Ein 97er Bönnigheimer Sonnenberg, Lemberger, Kabinett.«

Bröckle schmatzte mit einem Ausdruck sichtlichen Wohlbefindens. »Das ist halt doch etwas anderes als die Semsakrebsler, die wir früher getrunken haben.«

»Ja, ja, die Zeit vergeht.«

»Und? Machst du noch ein bisschen Sport?«

»Nicht mehr viel. Ein bisschen Rad fahren und die Gartenarbeit. Und du?«

»Wenig. Viel zu wenig.«

Schweigend saßen sich die beiden eine Zeitlang gegenüber. Hin und wieder hob der eine oder der andere sein Glas und trank in kleinen Schlucken und mit einem Ausdruck eher ernsterer Gelassenheit, so wie ein reifer gewordener Schwabe üblicherweise einen guten Wein verkostet.

»Wo hast du den her?« fragte Bröckle. Ihm war das plötzlich eingetretene Schweigen unangenehm.

»Wen?«

»Den Wein.«

»Den hat der Karl Krauß in seinem Angebot.« Sperling nickte versonnen. »Der führt jetzt so manche gute Sorte.«

»Ah, so.«

Das Gartenzimmer wurde vom spätsommerlich milden Licht der schräg stehenden Sonne durchflutet. Bröckle hielt sich die linke Hand über die Augen und blickte fasziniert hinaus in den weitläufigen Garten, der sich in kleinen, gepflegten Terrassen in Richtung des fernen Stadtzentrums erstreckte. Das späte Sonnenlicht gab dem Gelände eine milchig-rote Patina. Sperling blickte auf seine Uhr. Ihn erfüllten weder Hast noch Unruhe, aber er hatte doch Zweifel daran, dass ihn der Niederngrüner ohne Grund aufgesucht hatte. Und bislang hatte sein Besucher noch mit keinem Wort angedeutet, was der eigentliche Grund seines Kommens war.

Gerade, als er nochmals, und dieses Mal deutlich demonstrativer, auf seine Armbanduhr blickte, fragte ihn sein Gast unvermittelt: »Rudi, wann bist du als Vorsitzender des VFL Munzlingen zurückgetreten?«

Der Angesprochene dachte kurz nach. »Knapp drei Jahre ist das jetzt her. Mein Nachfolger war ja der Schmied, dieser Unglücksrabe.«

Bröckle nickte. Schließlich hatte er maßgeblich dazu beigetragen, den Fall zu klären, in welchem Wieland Schmied, von dem soeben die Rede war, eine tragende Rolle gespielt hatte.

»Dann ist es schon über drei Jahre her, dass du den letzten Sportlerfasching des VFL Munzlingen veranstaltet hast?«

Sperling blickte versonnen in die letzten Strahlen der untergehenden Sonne. »Die Zeit vergeht immer schneller.«

»Nach dir hat keiner mehr den Fasching organisiert?«

Sperling schüttelte energisch den Kopf. »Nein, nein. Das war nach meinem Abtreten nicht mehr wichtig. Neue Leute, neue Zeiten.«

»Ja, ja. Erinnerst du dich noch an den lustigen Wettbewerb? Ein Schönheitswettbewerb für Männer. Gewonnen hat der, der die schönsten Waden hatte.«

»Ja, ja, das war lustig. Die Frauen waren ganz begeistert.«

»Vor allem die in der Jury, die den Buben prüfend an die Waden greifen durften.«

»Die eine oder andere hat auch ein bisschen höher gegriffen.«

»Aber Rudi!« Eine energische Frauenstimme unterbrach in höchstem Maße vorwurfsvoll das Gespräch der beiden alten Männer. Sperling erschrak und blickte schuldbewusst zur Tür, wo unbemerkt seine Frau aufgetaucht war.

»Grüß Gott, Frau Sperling«, sagte Bröckle schnell.

Gerlinde Sperling erwiderte knapp und ernst seinen Gruß. Offensichtlich betrachtete sie ihn als Mitverantwortlichen für die sittlichen Entgleisungen ihres Gatten.

»Wie lang braucht ihr noch?« Bei dieser an beide gerichteten Frage blickte sie streng in Richtung ihres Mannes. Der zuckte fragend mit den Schultern.

»Ich gehe in spätestens zehn Minuten«, sagte Bröckle beschwichtigend.

Mit einem »Rudi, du weißt, dass wir noch was zu tun haben« verließ Gerlinde Sperling die beiden Männer.

»Resolut, resolut«, stellte Bröckle trocken fest.

»Ja, meine Gerlinde, ohne die wäre ich aufgeschmissen.«

»Weil du zu viele Pöstla hasch.«

»Ach was. Einer muss in dieser Stadt was bewegen.«

»Kannst du dich noch daran erinnern, wer damals diesen Wettbewerb gewonnen hat?« fragte der Alte unvermittelt.

»Du fragst Sachen. Nein, das fällt meinem alten Kopf nicht mehr ein. Ich habe täglich mit so vielen Leuten zu tun, da vergisst man so manches.«

Bröckle holte aus seiner Brusttasche das mittlerweile schon recht abgegriffene Bild des »Brasilianers« hervor und legte es vor Sperling auf den niederen Tisch. »Ich glaube, es war der hier. Weißt du noch, wie der hieß?«

Sperling sah von dem Foto auf und blickte in gebückt sitzender Haltung zu seinem Gast hinüber.

»Wieso willst du denn das wissen?«

»Weil wir ihn zum nächsten Sportlerfasching nach Niederngrün einladen wollen. Den Mann mit den flotten Waden.«

Sperling hatte den ironischen Unterton in den letzten Sätzen seines Besuchers entweder nicht wahrgenommen oder aber überhört. »Ich glaube nicht, dass der für so was noch Zeit hat. Der hat jetzt unendlich viele Verpflichtungen.«

»Du erkennst ihn? Trotz der Maskerade?«

»Natürlich kenne ich den. Das ist doch unser neuer Abgeordneter. Detlef Kurz. Ein ganz hervorragender Mann.«

*

»Ein Trainer ist wie eine Hühnerleiter. Jedes Jahr klettern seine Athleten eine Sprosse höher. Sind sie dann oben, scheißen sie ihm auf den Kopf.« (Bert Sumser, ehemaliger Schweizer Trainer)

Bröckle fuhr nur geringfügig schneller als Schrittgeschwindigkeit. Es war spät nachts, die Straßenbeleuchtung war bereits ausgeschaltet, und zudem kannte er sich in dem Wohngebiet nicht aus. Dennoch fand er die Adresse, welche Jonas ihm genannt hatte, ohne Mühe. Es handelte sich um einen Neubau, ein mehrgeschossiges Appartementhaus, in dem moderne Menschen wohnten, vermutlich in der Mehrzahl Singles und junge Paare.

Bröckle umkurvte das Gebäude, dann parkte er den Wagen in korrekter Manier außerhalb des Parkverbotes, welches die Einfahrt zu einer großen Tiefgarage vor Behinderungen schützen sollte.

Behände stieg der Alte aus und sah sich um. Was für einen Blödsinn mach'sch du da, dachte er, als er sich leise und ohne die Außenbeleuchtung zu betätigen dem Eingang näherte, von dem aus über mehrere Stockwerke verteilt ein gutes Dutzend kleiner Wohnungen zu erreichen waren. Er benutzte nicht den Aufzug, sondern ging zu Fuß in die dritte Etage, wo er anhand der Anordnung auf dem schwach beleuchteten Klingelbrett die Wohnung von Kurz vermutete.

Es war drei Uhr nachts. Der Alte fühlte sich fit, zumal er am frühen Abend zwei Stunden geschlafen hatte. Er verharrte einige Sekunden vollkommen regungslos vor der Wohnungstür. Nicht dass er da eine ganz böse Überraschung erlebte. Jonas hatte für ihn recherchiert, dass in Berlin Plenarsitzung war. Und dass der Kurz dort war, auch am Abend, als die Sitzung fortgesetzt wurde. Das hatte ihm Cem Özdemir, der junge schwäbisch-türkische Abgeordnete, am Telefon gesagt. Das war der einzige Abgeordnete, von dem Jonas die Handy-Nummer hatte.

Wär' schon saublöd, wenn der da drin liegt und schläft, dachte Bröckle. Dann öffnete er im Nu mit seinem schon im Munzlinger Krankenhaus zur Anwendung gebrachten Feinwerkzeug das Schloss. Dass es nun wieder schnell und vollkommen geräuschlos funktionierte, hatte damit zu tun, dass er trotz der kopfschüttelnd von seiner Frau vorgetragenen Bemerkungen eifrig zu Hause geübt hatte. Hurtig schloss er die Tür hinter sich, knipste seine Mini Maglite an und sah sich um. Ein stinknormales Single-Apartement, dreißig Quadratmeter Wohnfläche, große Fensterfront, moderne Kochnische, französisches Bett, kleiner Tisch mit zwei Sesseln, Arbeitsecke mit Schreibtisch. Jonas schloss die Jalousie und machte dann das Licht an. Das erschien ihm unverdächtiger als das Gefuchtel mit der Taschenlampe. Da brauchte bloß einer nachts mit seinem Hund raus zu müssen, sofort war das Theater da. Eine runtergelassene Jalousie und dahinter der Lichtschein normaler Zimmerbeleuchtung, das schien ihm unauffälliger.

Bröckle durchsuchte, wie er es vor vielen Jahren bei der Häller Polizei gelernt und oft praktiziert hatte, in zügiger Manier Bad, Kochnische und Schränke. Dann durchstöberte er den einzigen Nachttisch und die wenigen Regale, welche symmetrisch links und rechts neben dem Fenster angeordnet waren. Schließlich wandte er sich einer großen

Regalwand aus Massivholz zu, die fachmännisch oben und unten an Decke und Boden verkeilt war, da sie eine große Belastung aushalten musste.

Keine Chance, hier in kurzer Zeit was zu finden, stellte der Alte resignierend fest, und griff ziemlich wahllos einzelne Leitz-Ordner heraus. Fast alles war Parteimaterial, Rundschreiben, einige Ordner mit Sitzungsunterlagen des Kreistages. Ganz am Rande stand eine bislang nur schwach gefüllte Mappe. »Bundestag 1« stand in akkurater Handschrift darauf geschrieben. Die begonnene Numerierung signalisierte, dass der Besitzer noch viel vorhatte. Er stand ja ganz am Anfang einer wirklichen politischen Karriere. Nicht nur das Herumgekrebse in den Niederungen der Kommunalpolitik.

Am altmodischen Holzschreibtisch waren alle Rollos heruntergelassen, ein Zeichen dafür, dass der Wohnungseigentümer wohl in Kürze wieder hier auftauchen würde. Der Schreibtisch hatte drei Schubladen. Bröckle zog sie eine nach der anderen heraus. Schreibtischkram, mehrere Schübe mit Disketten, einige Tablettenröhrchen, ganz normale Alltagsmedikamente eines Durchschnittsmenschen, keine Aufputsch- und Beruhigungsmittel. Alles in allem eine Art Grundausstattung eines eher pietistisch geprägten, fleißigen Schreibtischmenschen. Ein Päckchen mit Präservativen verletzte geringfügig den geschäftig-spröden Eindruck, welcher aus allen Gegenständen dieses Zimmers sprach. Der Herr Abgeordnete achtet bei seinen Ablenkungen auf AIDS - Prophylaxe, dachte Bröckle und grinste.

An den Computer traute er sich nicht. Wahrscheinlich war hier am meisten abgelegt, aber mit seinen eher rudimentären Kenntnissen schien ihm eine Einsichtnahme wenig Erfolg versprechend zu sein. Und außerdem suchte er etwas Bestimmtes.

Bröckle schaltete das Licht aus. Dann zog er die Rollos wieder hoch, verharrte noch einige Sekunden schweigend hinter der Wohnungstüre. Das lauteste Geräusch, das er vernahm, war sein eigener Herzschlag. Leise öffnete er die Tür, huschte hinaus und zog sie hinter sich zu. Warum dauerte das Abschließen eigentlich immer sehr viel länger als das Öffnen? Zumindest war das bei ihm so. Im Treppenhaus machte er Licht und ging in normalem Schritt-Tempo die Stufen hinunter.

Er wollte bereits die Haustüre öffnen, da fiel sein Blick auf eine gläserne Tür, die in den Keller führte. Vermutlich hat jedes dieser Appartements einen kleinen Keller, in dem man bestenfalls eine Weinkiste verstauen kann, dachte der Alte. Bei zwei wird's schon schwierig. Mit der Gewissheit, dass alles weitere furchtbar einfach war, ging er noch eine Treppe weiter hinunter. Entweder hatten die Keller Nummern oder Schilder, dann fand er den, der Kurz gehörte, sofort. Oder sie waren nicht gekennzeichnet, dann war's das hier auch schon.

Bröckle hatte Glück. Eine akkurate schwäbische Hausverwaltung hatte an allen Kellertüren kleine Namensschildchen angebracht. Zügig öffnete er die Tür von Kurz' Keller und betätigte den Lichtschalter. Sechs Quadratmeter aufgeräumte Kellerfläche waren gut zu überblicken. Aus einer Apfelkiste leuchtete ihm die hellgraue Melone mit den gelb-grünen Fransen entgegen, die er in den letzten Tagen so oft auf Fotos und Filmen gesehen hatte.

Er pfiff leise vor sich hin und kramte verschiedene Fan-Utensilien aus der hölzernen Kiste. Ein Trikot der brasilianischen Nationalmannschaft mit dem üblichen »Ronaldo«-Aufdruck, Schminkfarben, grellbunte Handschuhe. Schlau, schlau, unser Abgeordneter, dachte Bröckle.

Als er schon fast alles ausgepackt hatte, entdeckte er ganz unten auf dem Boden der Apfelkiste eine Fanfare. Ein schönes Stück, wie man es heute nur noch selten im Stadion fand. Andere Zeiten, andere Sitten. Heute geht es nicht mehr um die Akustik, es geht um die Optik, um das Erscheinungsbild der Supporter, um den Fan als Gesamtkunstwerk. Bröckle nahm das Lärminstrument heraus und betrachtete es mit kindlicher Neugierde. Und dann bemerkte er im Trichter eine merkwürdige Konstruktion. Er leuchtete interessiert in die Öffnung hinein.

»Jetzt hemmer di, jetz isch der Sack zu«, zischte er so unhörbar, wie es das leidenschaftliche Triumphgefühl zuließ, das ihn in diesem Augenblick erfaßte. Denn was hier gekonnt mit zwei Schrauben eingebaut war, war eine Art Schießapparat, ein kleines Bolzenschussgerät. Eines, wie es in filigraner Handarbeit nur von wenigen hergestellt werden konnte. Das sah er als alter Jäger und Waffenenthusiast so fort.

Bröckle hörte ein Geräusch. Ihm blieb keine Zeit mehr, dem fürchterlichen Hieb auszuweichen, der auf seinen Hinterkopf zielte und ihn dort auch voll erwischte.

*

»Verlängerung. 114. Minute. Nur sechs Minuten noch Selbsterhaltung. Fürs Elfmeterschießen. Für dich, Chilavert, für deinen Traum. Du wirst einen halten und einen verwerten. Achtung, Chilavert, der Ball kommt – ›oh weh‹ – der Blanc vorm Tor – ›Raaan‹ – der Blanc vor dir, alleine mit dem Ball – ›Raaus, Chilavert!‹

Geschluchzt hast du, Chilavert, einsam in der Kabine, nachdem du die anderen getröstet hattest, als sie da draußen auf dem Feld lagen, die Gesichter in ihren Händen vergraben. Aufgerichtet hast du sie. Stolzer Chilavert, armer Chlavert. Hast fühlen lassen, was ich Eintracht-Seele mit tausend Worten nie zu erklären vermochte. Hast die Frau an meiner Seite zum Weinen gebracht – wegen Fußball.« (Mark Obert)

»Dünnes Eis, Bröckle, ganz dünnes Eis.« Munz war deutlich anzuhören, dass er ungehalten war. »Da ist der Kerl Rentner, war zwanzig Jahre bei der Polizei, und dann so was«, schimpfte er weiter.

Bröckle war nach der Festnahme durch zwei Beamte einer Polizeistreife, die Kurz nach seinem gezielten Hieb umgehend gerufen hatte, auf eigenen Wunsch dem Häller Kommissar überstellt worden, als es darum ging, eine Aussage zu Protokoll zu geben. Nun saß er etwas kleinlaut auf einem Bürostuhl und ertrug mit Leidensmiene die Ausbrüche des Hauptkommissars.

»Gotthilf, ich kann da nichts für dich tun. Die Suppe musst du ganz alleine auslöffeln. Das ist ein klarer Fall von Einbruch. Sei froh, dass niemand auf die Idee gekommen ist, dass du auch in der Wohnung warst. Wie ich die Sache einschätze, warst du doch vorher in der Wohnung, oder?«

Bröckle nickte unmerklich.

»Aber der Sachverhalt ist doch klar. Kurz ist überführt. Mein Pech war halt, dass der noch so spät nachts aus Berlin zurückgekommen ist. Mit dem eigenen Wagen, stell dir das vor.«

»Ach, du großer Gott. Du bist ein Phantast, Bröckle. Das einzige, was im Moment klar ist, ist der Umstand, dass du des Einbruchs und des versuchten Diebstahls angeklagt wirst.«

»Und die Beweise?«

»Welche Beweise?«

»Die Fotos, die Identifikation durch Sperling, die Informationen aus Tschechien, der ›Brasilianer‹ auf beiden Filmen, die Maskerade im Keller von Kurz?«

»Das Narrengewand, na und?«

»Aber der war doch beide Male am Tatort.«

»Das war der Jonas auch.«

»Und die Maskerade?«

»Komm, hör doch auf.«

»Und die Beweise aus Tschechien?«

»Bröckle, bist du so naiv, oder tust du nur so? Unser Mann ist ein ganz schlauer. Natürlich gibt der zu, dass er mal in Tschechien auf dem Strich war. Aber das ist nicht strafbar. In vier Jahren, wenn die nächste Wahl ansteht, interessiert das doch keine Sau mehr. Und dass Wanner und die Jungpaulus ihn damit konfrontierend unter Druck gesetzt haben sollen, weil sie – was weiß ich – was dagegen hatten, dass er mit Kindern vögelt, beweis das mal. Und dass der Kleine, der umgebracht wurde, ihn vielleicht erpressen wollte, beweis das mal. Das einzige Indiz hierfür ist die Aussage eines Munzlinger Gastronomen, wonach der Junge von einem ›ganz großen Ding‹ gesprochen habe, bevor er umgebracht wurde. Und von Jungs ist nicht die Rede. Kurz behauptet, seine Sexualpartner seinen alle über achtzehn gewesen, beweis da mal das Gegenteil. Als möglicher Zeuge«, Munz beugte sich zu Bröckle hinunter, »als eventueller Zeuge ein tschechischer Stricher. Das wird unseren Abgeordneten aber aus dem Gehrock hauen. Bei den schlauen Anwälten, die für den Kurz arbeiten, wird der Jonas am Ende noch Mühe haben nachzuweisen, dass er den Jungen nicht bestochen hat. Und du hast die Geschichte vermasselt.«

»Ich, wieso ich?«

»Weil jetzt der wichtigste Beweis weg ist. Na, und weil der nicht blöd ist. Das ist ein ganz ausgeschlafener Junge, sonst hätt' er's nicht so weit gebracht. Gut bekannt mit der Justizministerin, gut bekannt mit lauter Superjuristen. Schlau wie er ist, ist er gleich in die Offensive gegangen, mit dir als Einbrecher. Von einem druckluftgetriebenen Schussapparat oder ähnlichem keine Spur.«

»Wieso denn?« unterbrach der Alte den sich in Rage redenden Munz. »Ihr habt doch die Fanfare.«

»Ja klar«, Munz war laut geworden, »die Tröte haben wir.«

»Habt ihr sie richtig untersucht?«

»Natürlich.«

»Und?«

»Was, und?«

»Der Einbau, das Bolzenschussgerät, ganz großartige Arbeit. Oder?«

Munz hatte sich abgewandt und ging mit auf dem Rücken verschränkten Händen langsam auf und ab. Unmerklich wippend blieb er schließlich vor dem Alten stehen. »In der Fanfare war kein Abschussmechanismus. Das Einzige, was unsere Spurensicherung an dem Ding feststellen konnte, waren zwei nachträglich angebrachte kleine Löcher, ein paar kleine Kratzer und Druckstellen, von denen unklar ist, woher sie stammen. Unter Umständen könnte man vermuten, dass da ein Mechanismus eingebaut war. Aber beweis' das mal in einem Strafprozess. Idiot! Hättest du dich nicht in unsere Arbeit eingemischt, dann wäre das alles nicht passiert.«

»Dann wäre gar nichts passiert. Dann wäre der Jonas immer noch der Hauptverdächtige.«

»Der Kurz ist zur Zeit nur einen schwachen Hauch verdächtiger, aber nicht zu kriegen. Da fehlt noch eine Kleinigkeit. Wenn da was eingebaut war, dann hat er's in aller Ruhe beseitigt.«

»Vielleicht ist's die Kleinigkeit, die ich noch weiß und die die Polizei nicht weiß.« Bröckle hatte sich wieder gefasst und grinste Munz fröhlich an.

»Verarsch' mich nicht.«

»Des tät' ich doch nie, des woisch du doch.«

»Da bin ich mir bei dir nicht so sicher.«

»Ich habe den Mechanismus ja genau gesehen.«

»Den Schussapparat?«

»Ja, den. Das war eine wundervolle Maßarbeit. Ein Kunstwerk der Feinmechanik.«

»Ach Gott, Bröckle, mach's nicht so spannend.«

»Ich kenne die Handschrift von dem Erbauer dieses

Schussapparates. Pfeiffle. Augustus Pfeiffle. Das ist mein hiesiger Jagdwaffenhändler, ein Künstler seines Fachs. So eine filigrane Arbeit macht nicht jeder.« Bröckle begann mit einem Mal heftig zu lachen, ein Lachen, das an seinem Kumulationspunkt schon fast schrille Töne hörbar werden ließ.

»Was ist denn mit dir los?« Irritiert starrte Munz zu ihm herüber. Er hatte wieder hinter seinem Schreibtisch Platz genommen.

»Nichts. Wirklich nichts. Aber mir ist gerade in den Sinn gekommen, dass der Kurz unter dem Pseudonym ›Oskar Punz‹ in Tschechien auf dem Kinderstrich war, unter dem Namen vom Bürgermeister von Munzlingen.«

*

»Doch Mayer-Vorfelder, ganz autoritärer Charakter, wollte einen richtigen Trainer, einen mit einem klingenden Namen, einen, auf den andere Clubpräsidenten neidisch wären – nicht so einen dahergelaufenen Jogi Löw, der außer Erfolgen nichts vorzuweisen hatte.« (Stefan Reinecke)

Jonas hatte sich seiner Meinung nach wieder etwas besonders Feines geleistet. Die Veränderung der Welt, seiner Welt, würde auch nach der Aufklärung des Falles nicht mehr vollständig rückgängig gemacht werden können. Er war fest entschlossen, den nunmehr aufkommenden falschen Freundlichkeiten derer, die ihn gemieden hatten, als er im Verdacht stand, ein Doppel- oder Dreifachmörder zu sein, mit Distanz und Härte zu begegnen. Die Welt war klarer eingeteilt als zuvor. Diese neu vollzogene Grenzziehung zwischen guten und falschen Freunden wollte er künftig immer im Blick behalten. Nach einer vormittäglichen Besprechung in den Redaktionsräumen einer in Freiburg ansässigen Fachzeitschrift, für die er hin und wieder arbeitete, traf er sich am frühen Samstagnachmittag mit Bröckle am

Freiburger Hauptbahnhof, um das Derby zwischen dem SC Freiburg und dem VfB Stuttgart zu besuchen. Der SC Freiburg war für ihn nach dem Absteigen seiner Lieblingsvereine 1. FC Köln, Karlsruher SC und 1. FC St. Pauli eine Art »Ersatzlieblingsmannschaft« geworden, und Bröckle war ein alter VfBler. Karten hatte ihm eine fußballverrückte hauptamtliche Redakteurin des Fachblattes besorgt, deren Gefühle zwar nicht für den SC, sondern für Hannover 96 in Wallung gerieten, die aber Verständnis dafür aufbrachte, dass es »wichtig« war, das Spiel zu besuchen. Hierin unterschied sie sich übrigens von Rosi, die in einem Telefonat lapidar und eindeutig festgestellt hatte: »Da kommst du wahrscheinlich erst mit dem Frühzug am Sonntag zurück. Ich will aber nichts davon hören, dass du nicht ausgeruht bist oder gar Migräne hast! Und mittags ist gekocht, wenn ich mit den Kindern vom Auftritt ihres Jugendchors nach Hause komme!«

Jonas war froh, dass er so billig weggekommen war. Auch war es ihm mehr als recht, nicht zu Hause sein zu müssen, wo sich die Gespräche noch immer um die rätselhaften Todesfälle rankten. Noch war der Prozess nicht entschieden. Die ersten Stimmen, die gar davon sprachen, dass Kurz doch nicht der Täter sein könne, wurden laut. Vor allem SPDler phantasierten von einem Komplott gegen ihren Abgeordneten, aber das war Jonas, wie er es auch zu sagen pflegte, »so wurscht, wie wenn im Neckar ein Fisch ins Wasser pisst«. Was hatte er denn mit den Sozen zu schaffen? Nichts.

Bröckle hatte ihn herzlich begrüßt. Zusammen waren sie vor dem Hauptbahnhof in die Straßenbahn gestiegen, in der sich dicht an dicht friedlich Stuttgarter und Freiburger Fans drängten.

»Ist der Kurz noch in U-Haft?« fragte Jonas.

»Soweit ich weiß, ja. Der Prozess wird in drei Wochen eröffnet.«

164

»Und?«

»Schwierig. Eine reine Indiziensache. Unser Mann ist nicht überraschend zusammengebrochen, wie das im Film üblich wäre.« Bröckle lachte.

»Wenn du dem Mechanismus nicht angesehen hättest, wer ihn hergestellt hat, wäre die Sache vollkommen aussichtslos.«

»Ja, der Pfeiffle. Das ist noch so ein richtiger Tüftler. Der macht weit und breit die besten Jagdwaffen, macht Sonderanfertigungen für die Häller Vorderladerschützen und bastelt allerhand Spielereien. Alles, was knallt.«

»Und der Pfeiffle konnte sich an den Kurz erinnern?«

»Er hatte sogar noch die Zeichnung. Er macht von jedem Produkt, das er neu entwickelt und herstellt, zahllose Zeichnungen. Es war ihm furchtbar peinlich. Aber der Mechanismus an sich ist keine gefährliche Waffe, schon gar keine genehmigungspflichtige. Dass da einer auf die Idee kommt, einem Opfer ein Giftkügelchen in den Rücken zu jagen, kann wirklich niemand ahnen.«

»Aber der muss sich doch seine Gedanken machen, wenn einer daherkommt und so was angefertigt haben möchte.«

»Der Pfeiffle ist ein herzensguter Mensch, ein technischer Idealist, aber auch ein wenig einfältig. Und des Apparätle war wirklich nichts Besonderes. Der Kurz hat ihm was von einer Modelleisenbahn und einer Miniaturkanone erzählt, die er aufbauen wollte.« Bröckle lachte erneut. »Er hat ihm erzählt, er wolle eine Miniaturszene vom Häller Salzsiederfest maßstabsgetreu nachstellen. Da war der Pfeiffle Feuer und Flamme.«

»Aber die Munition, die kleinen Zylinder für das Gift?«

»Andere Baustelle. Die waren nicht vom Pfeiffle.«

»Woher dann?«

»Weiß ich nicht. Und ob der Munz es weiß, weiß ich auch nicht. Aber ein begabter Bastler kann so was leicht selbst herstellen.«

»Ein Politiker nicht.«

Jonas legte Bröckle den linken Arm um die Schulter. Beide fingen gleichzeitig an zu lachen. Einige Fahrgäste blickten zu ihnen herüber. Die Straßenbahn hielt erneut. Die Menge geriet in Bewegung, was den beiden Ortsunkundigen signalisierte, dass sie aussteigen mussten. Zusammen mit den anderen Fans verließen sie die Straßenbahn und gingen eingekeilt in einen dichten Pulk gleichermaßen erwartungsfroher wie leidenserprobter Stuttgarter Fans das letzte Stück zu Fuß.

Sie hatten Karten für die Tribüne, was Jonas nicht recht war. Doch selbst auf den Sitzplätzen wogten die Emotionen hoch, als das »Badener Lied« angestimmt wurde. Im Unterschied zu den Karlsruher Inszenierungen wirkte hier dieses Ritual authentisch und nicht aufgesetzt.

»In Haslach gräbt man Silbererz
In Freiburg wächst der Wein
Im Schwarzwald schöne Mägdelein
Ein Badner möcht' ich sein.«

In der Stuttgarter Fankurve gingen Transparente hoch. »WINNI SING MIT«, stand auf einem, was auf die über zehnjährige Trainertätigkeit des Stuttgarter Trainers beim Karlsruher SC anspielte. Und auf einem größeren war zu lesen »MV UND WINNI – IHR HABT FERTIG!« Nebel zog auf. Jonas trat fröstelnd von einem Fuß auf den anderen. Bröckle bruddelte leise vor sich hin, als selbst die Honoratioren auf der Haupttribühne den Refrain in seiner schwabenfeindlichen Fassung sangen: »Der Schwab' muss raus! Der Schwab' muss raus aus dem Badener Land!«

Jonas schlug seinem Kumpel tröstend auf die Schulter. »Schau, vor kurzem hat eine Umfrage ergeben, dass sechzig Prozent der Freiburger den Begriff ›Schwabe‹ als unangenehm empfinden.«

»Hier im Stadion sind es wahrscheinlich neunundneunzig Prozent«, erwiderte der Alte trotzig.

Der Schiedsrichter pfiff die Begegnung an. Von Beginn an war zu sehen, dass die Freiburger ihren Rivalen aus dem Schwabenland heute bezwingen konnten. Bei den Einheimischen wirbelten der junge Iaschwili und Sellimi, während Bobic und Akpoborie auf Seiten des VfB keinen Stich gegen den Freiburger Abwehrblock machten.

»Das wird nichts heute«, murmelte Bröckle finster.

Bereits in der neunten Minute wurde die Prognose des Alten erhärtet. Nach einem feinen Zuspiel von Sellimi erzielte der Georgier Iaschwili das 1:0. Das kleine Freiburger Stadion drohte auseinanderzuplatzen. Die Stuttgarter Fans begannen mit einem wüsten »Schäfer raus«-Gebrülle, was die einheimischen Supporter dazu brachte, rhythmisch »Außer Winni könnt ihr alle gehen« zu skandieren.

Jonas herzte seinen alten Kumpel, welcher schweigend um sich blickte und scheinbar ungerührt damit begann, sich eine Zigarette zu drehen.

Nur wenige Minuten später kam Unruhe auf. Während die Freiburger angriffen, rammte der Stuttgarter Spielmacher Balakow dem Tunesier Baya sein Knie in den Unterleib. Der Schiedsrichter hatte die Szene nicht gesehen, was die Freiburger Fans zu wütenden Protesten trieb. Während der Freiburger Mittelfeldspieler vom Platz getragen werden musste, durfte Balakow unbehelligt weiterspielen.

Bröckle blickte noch finsterer drein. Als VfB-Anhänger mitten zwischen Freiburger Fans, die Einheimischen dominierten das Spielgeschehen, und dann auch noch solch ein Ausraster des Stuttgarter Führungsspielers.

»Nichts drin heute«, lachte Jonas.

Fast beleidigt winkte Bröckle ab, als kurz vor der Halbzeitpause wiederum der junge Georgier das 2:0 erzielte. Im Dreisamstadion herrschte Volksfeststimmung. Als sich der Alte umdrehte, blickte er in lauter fröhliche Gesichter.

Rhythmisch wiegend hielt ein Pärchen einen Schal gespannt, auf dem zu lesen war »Gottes dümmste Gabe ist der Schwabe«.

Auch nach der Pause waren die Einheimischen ihren Gästen überlegen. Der VfB wurde regelrecht vorgeführt. Als Bobic auf dem seifigen Platz mehrfach ausrutschte, waren auch Spottgesänge der Anhänger des VfB Stuttgart zu hören. Es blieb beim 2:0. In der Stuttgarter Fankurve zog Bereitschaftspolizei auf. Jonas ließ sich beschwingt aus dem Dreisamstadion hinaustreiben, eingekeilt in die Masse der abwandernden Zuschauer. Bröckle lief schweigend neben ihm her.

»Das hat dir gefallen, gell!«

»Balsam war's auf die kranke Seele.«

»Aber das Schlimmste hast du ja hinter dir.«

»Wer weiß. Wenn ich ins Wirtshaus komme, werden noch einige Zeit die Gespräche leiser.«

»Das legt sich. Scho morga treibat 'se a andere Sau d' Hauptstraß' nuff.«

*

»Und ich bleibe zurück, mit jener unweigerlichen Melancholie, die wir alle nach der Liebe spüren und wenn das Spiel vorüber ist.« (Eduardo Galeano)

Autorenangabe

Titus Simon: Jahrgang 1954, Dr. rer. soc. Diplom-Sozial-arbeiter und Diplompädagoge, seit 1996 Professor mit dem Schwerpunkt „Jugendarbeit und Jugendhilfeplanung" an der Hochschule Magdeburg-Stendal. Zuvor Inhaber der Professur „Jugend und Gewalt" an der FH Wiesbaden, Pra-xis in der Jugendarbeit und der Wohnungslosenhilfe.

Bislang veröffentlichte Krimis:
„Mord im Abseits"
„Der Stadionmörder" (Neuauflage 2008)
„Der Tote von Can Victor" (2008)
sowie zahlreiche Kurzkrimis

Andere aktuelle Buchveröffentlichungen:
• T. Simon, Kommunale Jugendhilfeplanung, 6. neu durch-gesehene und erweiterte Ausgabe, Wiesbaden 2007
• R. Lutz/ T. Simon, Lehrbuch der Wohnungslosenhilfe, Weinheim 2007
• H.-J. Dahme / T. Simon, Controlling in der offenen Ju-gendarbeit, Berlin 2006
• T. Simon, Jugendsozialarbeit in Sachsen-Anhalt, Magdeburg 2006

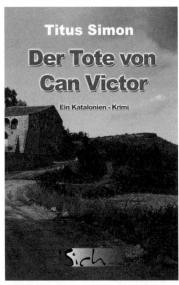

Titus Simon
Der Tote von Can Victor
Ein Katalonien - Krimi

SichVerlag 2008
ISBN 978-3-9811692-4-9

Gotthilf Bröckle hat eigentlich nur den Auftrag, in der im katalanischen Bergland gelegenen Finca „La Vila", die von mehreren Deutschen und einem Spanier als Sommersitz genutzt wird, Fliesen zu legen. In unmittelbarer Nähe findet er in einer trocken gelegten Weinzisterne die Leiche eines alten Mannes.

Die eher beiläufigen Ermittlungen, die der ehemalige Polizist parallel zur offiziellen Untersuchung des Falles vornimmt, bewegen sich sehr rasch im verwobenen Netz der Lebensgeschichten dreier sehr alter Männer, die sich im Verlauf ihres Lebens in verschiedenen Schlüsselsituationen begegnet sind. Unterschiedliche Motive führten sie als Jugendliche und sehr junge Erwachsene in den spanischen Bürgerkrieg. Alle drei gelangen in Folge dramatischer Ereignisse ins Konzentrationslager Buchenwald. Und zu einer letzten Begegnung kommt es im Sommer 2006.

Die verschiedenen Handlungsstränge, deren Entwirrung am Ende Gotthilf Bröckles Aufgabe sein wird, stellen Bezüge her zu historischen Ereignissen, die in Österreich, Deutschland und Spanien ihren Ursprung haben. Die dem Roman zugrundeliegenden historischen Fakten sind gut recherchiert.

Neben ihren kriminologischen und politischen Dimensionen streift die Erzählung auch das fröhliche Chaos einer Gemeinschaft aus Einheimischen und Deutschen, die im Herzen Kataloniens eine Finca zum Sommersitz ausgebaut hat. Ungewöhnlich an der Handlung ist zudem, dass einzelne der Protagonisten sehr alt und dennoch sehr aktiv sind.

SICHVERLAG MAGDEBURG

Erscheinungsjahr der Neuauflage 2008
Copyright © by SichVerlag Magdeburg
Copyright © 2000 by Elefanten Press Verlag GmbH, Berlin
ISBN 3-88520-915-2

Illustration:	Kay Elzner
Umschlaggestaltung und Satz:	Andreas Kanter
Lektorat:	Ursula Hensel - SichVerlag
Druck und Bindung:	Salzland Druck GmbH

SichVerlag
Wilhelm-Kobelt-Straße 1, 39108 Magdeburg
Tel.:   +49 (0391) 7 34 69 27
Fax: +49 (0391) 7 31 39 80
E-Mail: info@sich-verlag.de
www.sich-verlag.de

ISBN   978-3-9811692-3-2
Preis: 9,95 €
         16,31 CHF